第一章　柊子の非難

1

モーニングを着た初老の男がひとり、居間で林檎（りんご）を剝（む）いている。モノクロ画面の中、白く浮き立つ林檎はいびつに削られていく。半分ほど剝かれたところでそれまで辛うじてつながっていた皮が床に落ちる。張りつめていた糸が切れたかのように男はがくりと肩を落とした。
鼻の奥がツーンとしてきた。森戸柊子（もりとしゅうこ）はコーヒーテーブルに手を伸ばした。籐（とう）製のボックスからティッシュを引き抜き、洟（はな）をかむ。すぐ脇にはＤＶＤのケースが置いてある。小津安二郎の「晩春」だ。浴衣姿の笠智衆（りゅうちしゅう）と原節子が並んで座っている姿がローアングルで写っている。男やもめの父は娘の結婚を願う。婚期を逃しつつある娘も家事いっさいができない父を放ってはおけず、身のまわりの世話をしている。そんな父と娘の縁談をめぐる物語――。

　この映画を初めて見たのは、例の事件から一年後、二十三歳のときだった。それまで小津の映画はヒマな年寄りが見るものだとばかり思っていた。それでも、物語が始まるとぐんぐん引きこまれていった。笠智衆が娘に向ける眼差しはそのまま、父幹夫のものだったし、原節子の父に対する思いやりや気遣いも痛いほどわかった。

——これはあたしの映画だ——

鳥肌が立った。あれから何度、この映画を見直してきただろう。頬につたう涙をぬぐいながら唇を噛んだ。ほんの三日前までは笠智衆演ずる、不器用なまでに娘思いの父はうちのお父さんそのものだと思っていた。もちろん自分が原節子の美貌にかなわないことくらいわかっていたが、他人とは思えなかった。三十六になり婚期どころか出産年齢のタイムリミットが近づいてきても、嫁に行かず、離婚した父の世話をやいている自分の健気さは、原節子演じる紀子にそっくりだった。

でも、父の告白でなにもかもが変わってしまった。

テレビの画面には由比ヶ浜の海が映っている。すべてを包みこむような大きな波が打ち寄せる。画面中央に「完」という字が白く浮かび上がってきた。

もう画面は目に入らなかった。三日前に父が座っていた向かいのソファーを見つめていると、頭の中で問題のシーンが再生してくる。

あの日、父はソファーに背を預け、テレビを見ていた。古舘伊知郎のニュースが終わるまではいつもと変わらなかった。違ったのはそれからだ。

「世界の車窓から」が始まる前に父はリモコンでスイッチをオフにした。

お父さん、きょうは早く寝るつもりなんだ。だったら、あたしはお風呂に入ろう。

腰を上げようとしたところで父が切り出してきた。

「ちょっと……」

少し堅い声だった。父は心持ち上目遣いでこっちを見ている。なんだろう、この雰囲気。前にも同じようなことがあった気がしたが、いつのことだか思い出せなかった。

「なに、どうかした？」

父はすぐには答えなかった。随分前に淹れてあげた玄米茶をひとくちすすり、咳払いした。

「いや……、みんなに話す前にちょっとな。長年、お母さんのかわりをしてきてくれた柊子に聞いておいてもらいたいことがあるんだ」

いつもの「シュー」ではなく「柊子」ときた。父はグレーのセーターの袖をまくり、指の関節を二度ほど鳴らした。

「突然で驚くかもしれないけど、実はお父さん、もう一度、結婚しようかと思ってるんだ」

えっ。今、なんて言った？

「結婚って……？」

六十二歳になる父は照れたように笑った。大きな二重瞼の目尻がだらしないくらい下がった。その瞬間、頭に血がのぼった。こんなだらしない顔、あたしたち四姉妹はもちろん、ふたりの孫にも見せたことがない。

「実はずっと前から、つきあっていたんだけどね……」

知らぬうちに前のめりになっていた。

「ずっと前っていつよ」

「だから、あれだ。今年で四年になる」

信じられない。四年もの間、このあたしに隠れて女とつきあっていたなんて。目の前の痩せた、なで肩の男を見た。

早すぎる草食男子――あたしの知っている父は色恋沙汰にはおよそ縁のない男だった。出張以外で家を空けることもなかったし、休みの日はほとんど家にいた。趣味といえば、庭いじりぐらい。十四年前に母の葉子が若い男と駆け落ちしたあとも「仕方ない」と淡々と受け入れていた。以来、女は「卒業」したものとばかり思っていた。

「で、相手は？　いくつなの？」

三十を過ぎた頃からだろうか。同僚でも友人でも、男から「結婚」という言葉を聞くと、条件反射的に相手の年齢を訊くようになった。目の前の男がいったい、いくつの女を選んだのか、気になってしょうがない。父の相手となればなおさらだ。そのふざけた女はいくつなわけ？

「それが、ちょっと下でね」

「ちょっとって？」

父は後退した額を指先で二、三度掻いてから言った。

「もうすぐ四十歳になる」

よんじゅう！　二十二も年下の女、おまえは芸能人か。頬のあたりのヒクつきがおさまらなかった。

呆れ果てて父を見た。大きな二重瞼に細い鼻筋、薄い唇。昔はそれなりに整っていたが、乾燥肌が災いしてか、今ではシワが多すぎる。新聞社の編集委員という仕事柄、ラフな恰好はしていても、もう六十二歳だ。年相応、いやそれよりもっと薄くなった頭のせいで二、三歳は老けて見える。

見かけだけじゃない。面と向かって言うと傷つくから黙っているけど、落ち葉を煮しめた臭いを家中に振りまいている。歩く加齢臭がどの面下げてあたしと四つしか違わない女と。

「その人って初めて？　初婚なの？」

父はにんまりとして頷いた。

「初めてだ。あんまり待たすのもなんだからな。十二月のあいつの誕生日までにはなんとかしたいと思っている」

「ちょっと待ってよ。きょう何日だと思ってんの？　十二月まで一ヶ月もないのよ」

「いや、十二月といっても誕生日は二十九日だ。まだ、時間はある」

「そういうこと言ってんじゃないの」

眼筋に思い切り力を入れて父を睨んだ。ひと睨みは百言に如かず。長年の経験で、それがいちばん父に堪えるとわかっていた。

でも、父は動じなかった。もう一度額を掻いただけだった。男のわりに細い指が妙に嫌らしく見えた。

リモコンをオフにした。

11:55

DVDプレイヤーの表示が時刻に切り替わった。頰を一筋、涙がつたう。これは「晩春」を見た感動の涙じゃない。怒りの涙だ。

母の葉子が家を出たのは、あたしが二十二歳、大手保険会社に就職した年の晩春だ。土曜日のことだった。友達とランチをして家に戻ってくると、ダイニングテーブルに置き手紙と判を押した離婚届があった。

「ごめんなさい、身勝手だとはわかっています。これからは自分の人生を生き直します」

庭先で大きく枝葉を広げる桜がさわさわと揺れていた。

嘘でしょ。

「歴史は繰り返す」

背後でしゃがれた声がした。

ふり返ると、祖父の幹助が立っていた。森戸家の男たちはどうしてこうも女運が悪いのか。祖父も四十のとき、妻に出ていかれた。

さらに打ちのめされたのは自室の机の上に茶封筒を発見したときだった。中には銀行通帳と届け印が入っていた。

「家のことはよろしくお願いします」

たったそれだけ。謝罪はなし。なぜ三つ上の長女、橙子ではなく、あたしなのか、その理由もなし。

いったいあの女はなにを考えているのか。家のことを押しつけるなら押しつけるで、最低限の伝言もあるだろうに。夏物はどこへしまってあるの？　お中元やお歳暮はどこへ届ければいい？　あたし、なんにもわかんないんですけど。

その場で手紙を破り捨てた。

時を同じくして、三女の桐子の家庭教師だった山下哲平も姿を消した。教えに来るはずの火曜日も木曜日も無断で休んだので何度もケイタイにかけたが電源は切られたままだった。勤めていた予備校に電話をかけると仕事を辞めていた。半年後、母方の祖母が家にやってきて、娘が十三歳も年下の山下と家を出たと頭を下げた。母に頼まれたのだろう。身のまわりのものを引き取っていった。ほどなくして姉の妊娠が発覚した。相手は同じ職場の男だった。ユズ姉はお腹が大きくならないうちにと式を挙げ、さっさと家を出た。四人姉妹の長女のくせに責任感は一グラムだって持ち合わせていない。昔から要領だけはずば抜けてよく、面倒くさいことはすべて次女のあたしに押しつけてきた。あれも絶対に計画的デキちゃった婚に違いない。

母にも長女にも見放され、家に残ったのは、祖父と父とあたし、高三の桐子と高一の楓子だった。

最悪の日々が始まった。

祖父と父はますます無口になり、桐子は部屋に引きこもり、楓子はコギャルデビューした。家族が揃う日曜の夕食の習慣も当然のようになくなり、家からは笑い声が消えた。もしかしたら、あたしがいちばん不機嫌な顔で過ごしていたのかもしれない。

　母への怒りはおさまらなかった。四十六歳のおばさんの分際で、家族を捨てて若い男と駆け落ちするなんて。ありえない、許せない。あの女の淫蕩（いんとう）な血が自分にも流れていると思っただけで虫唾（むしず）が走った。なにが「これからは自分の人生を生き直します」だ。「生き直す」って、この家で過ごした年月が間違いだったってこと？　それが親の言葉？　二十二年間の人生をまるごと否定されたみたいなもんだ。

　でも、このままじゃ森戸家は壊れてしまう。母に捨てられた家族を放ってはおけなかった。あたしがしっかりしなくては。自分に言い聞かせながら一家の面倒を見るようになった。母が大事にしていた糠床（ぬかどこ）を捨て、味噌も変えた。放っておくと菓子パンですませる妹たちを叱りつけ、毎朝五時半起きで弁当を作ってやった。日中、家にいる祖父のために塩分控えめの昼ごはんを用意するのも忘れなかった。着るものに無頓着な父のジャケットやネクタイを見立てるようにもなった。

　保険会社の営業は家事と両立するにはあまりに忙しかった。就職難の中、せっかく入った会社を辞め、派遣社員として働くことにした。

　そうだ、いつだってあたしは家族のことを、とりわけお父さんのことを考えてきた。なのにここにきていきなり再婚？　ふつうは娘を嫁に出してからでしょうが。

気がつけば、傍らにあったクッションをサンドバッグがわりに殴っていた。三発、四発、五発、続けざまにクッションを殴る。

「晩春」の笠智衆は自分を気遣って嫁に行かない娘を思い、「再婚するつもりだ」と一世一代の嘘をつく。それに比べて、あのじじい……。結婚と口にしたときの、あのニヤけっぷりは嘘なんかじゃない。どこまでも本気だった。しかも、ギリギリまで、なんの相談もなし。これまで主婦がわりをしてきた娘に対して労いの言葉もなし。

ひどすぎる。自分の落ち着く先さえ決まれば、これまで尽くしてくれた娘のことなんてどうでもよくなってしまうのか。

「もうすぐ四十歳になる」

鼻の下を伸ばした父のふやけきった顔が蘇ってくる。

ああ、もう腹が立つ。クッションにパンチを食らわしていると、ちんまりと整ってはいるが、覇気のない細面の男が浮かんできた。どうしてこんなときに出てくるのよ？　鈴木潤。あの男とつきあい始めたのは三十のときだった。今思えば、ひと肌が恋しかっただけなのかもしれない。大学のゼミの後輩でOB会で久しぶりに会った日に声をかけられた。プー太郎でたいして取り柄もないのに、その頼りなさに惹かれてしまった。「俺、人生負けてばっかだから」やるせない横顔を見ていると、なけなしの母性本能がくすぐられた。この人はあたしがいなければダメになる。そう思って、忙しい合間をぬってなにかと面倒を見た。食事を作り部屋の掃除もした。生活費を援助したこともあった。服や靴、髭剃り、歯ブラシといったこまごまとした物までプレゼントした。別に見返りを期待していたわけじゃない。鈴木潤がどうしようもない男だということくらいわかっていた。でも、あそこまで薄情な男だったとは。つきあって一年経った頃、祖父が脳梗塞で倒れた。右半身に麻痺が残り介護が必要になった。会える時間が減ったのを見計らったように鈴木潤はバイト先で若い女を見つけた。

「実は好きな人ができた。俺もいい年だしちゃんと就職して結婚しようかと思ってんだ」

忘れもしない。三十二歳の誕生日の前日に告げられた。皮肉なことにその五日後、祖父は天に召された。

そうだ、思い出した。あのときの目つき！　お父さんが結婚話を切り出したときも鈴木潤と同じ目をしていた。こっちの顔色をうかがうのは最初だけ。結婚という言葉を吐き出した途端、眼筋が緩んだ。これまでさんざん世話になったことなど一瞬で忘れてしまう身勝手な眼差し。まったく、男ってやつは、どいつもこいつも。

もう我慢できない。ソファーから腰を上げた。

薄情な男ども、許すまじ。

切ってやる。切り刻んでやる。キッチンにまわり、食器洗い機から洗い立ての包丁とまな板を取り出した。背後の冷蔵庫から万能ネギをひと束取り、まな板の上に載せる。

あのバカおやじ……。

ネギの白い根をざくりと切り離す。

タタタタタタタタタタタッ

怒りのすべてをまな板の上にぶつけた。規則正しく小口切りされたネギが瞬く間に増えていく。

心頭滅却。今はただネギだけを切り刻んで……。さっきから自分に言い聞かせているのに、怒りは消えるどころか、手に負えない塊となって全身を駆け巡る。

ったく。十四年もの間、尽くし続けたのに。なんであたしだけがこんな思いをしなきゃいけないんだ。納得いく答えを出してくれる人は誰もいない。頭の奥で女の高笑いが聞こえる。声の主は身勝手な母か、父の新しい女か。

まな板のネギがかすんで見えない。怒りとともに涙が溢れてくる。

なににこんなに腹を立てているのか。薄情な父親にか。四十路直前にまんまと結婚を決めた女のしたたかさにか。いつも損な役回りを演じている自分の惨めさにか。

いや、それとも……。すべての元凶を作ったあの母親失格の女にか。わからない。わからないから余計、腹が立つ。

ひたすらネギを刻み続ける。

タタタタタタタタタタタッ

フローリングの部屋に怒りのリズムが響きわたる中、ドアが開いた。桐子だ。肩まで伸びた髪の後ろが寝癖でそり返っている。

真夜中に姉が涙を流しながらネギを切り刻んでいるのだ。「どうしたの、お姉ちゃん？」くらい訊けばいいものを。紺のジャージを着た妹はぴたぴた音を立ててダイニングテーブルの前を歩く。十一月も半ばにさしかかろうとしているのに靴下も履いてない。

「3-B　森戸桐子」

高校を卒業して十三年。いまだに当時のゼッケンを背中にくっつけたまま。

「お腹空いたの？」

手を止め涙をぬぐい、薄い背中に声をかけた。青白い顔がこっちを見る。

「別に」

低い、くぐもった声が返ってきた。あたしの後ろにまわった桐子は冷蔵庫を開け、五百ミリリットルのミネラルウォーターと焼きプリンを取り出した。容器には油性ペンで黒々と「桐」と書いてある。

「キリちゃん、あさって、大丈夫なんでしょうね」

四姉妹の中でいちばん地味で暗い桐子は、母が自分の家庭教師だった男と駆け落ちしたあと、ますます精気を失った。

引きこもりと宅浪、二年間のブランクを経て、そこそこ有名な四大の英語学科に滑りこみはしたが、花の女子大生になってもなにひとつ変わることなく淀んだまま四年間を過ごした。唯一の取り柄といえば英語。ＴＯＥＩＣ八百九十点が幸いして、洋書を専門に扱う小さな出版社に入社したものの、また鬱々とし始めて、わずか半年でリタイア。

ごくたまに父の知り合いの編集者から頼まれる翻訳をこなすだけで光熱費も入れない、半引きこもり生活が続いている。土曜に予定などあるはずもない。それでも一応、訊いておくのが気配り目配り十余年、母親がわりをしてきたあたしの務めというものだ。

「姉妹会議、あさって二時からだからね。キリちゃんもちゃんと出てよ」

「あぁ」

桐子はかすかに頷いた。

「やめなさい。そのやる気のない『あぁ』は。何万回注意すりゃわかるの？　どうして『はい』とか『ええ』とか言えないの？」

「そっちも包丁で人のこと指すの……。それに……」

「それに、なに？　途中で口ごもるのもやめなさい」

「あさってのこと言うなら……あたしよかフー子では？」

「言われなくてもとっくに連絡してるって。あの子、相変わらずＬＩＮＥもメールも返信もないんだってば」

　末っ子の楓子はもうすぐ三十歳になる。三流大学を出たあと、派遣で働いていたが、「知り合いのツテ」を頼って二年前から出版社で働いている。姉妹の中でいちばん成績が悪くて日本語も不自由。小説なんてロクに読んだこともなかったくせに。「時間が不規則すぎてみんなに迷惑かけるから」と殊勝なことを言って一年前に家を出た。

「ひとり暮らしっていってもぉ、そんな離れてるわけじゃないしぃ、休みの日にはなるべく顔を出すようにすっから」

　どうせまた口だけだろうと思っていたら、案の定、ここ半年、一度も家に戻ってこない。忙しいのか、遊びまわっているのか、とにかく連絡がとれない。

「あとでもう一度、ＬＩＮＥしてみるけど」

　父の再婚相手に会う前に、姉妹でちゃんと話しあおうと提案してきたのはユズ姉だった。

「お父さんが再婚するのはいいわ。でも、二十二も下となるとねぇ……」

　人一倍、見栄っ張りのユズ姉のことだ。嫁ぎ先の手前、体裁が悪いと思っているんだろう。理由はともかく、いいタイミングだった。こっちもちょうど同じ話を持ちかけようと思っていたところだった。善は急げ。この週末、父は「あいつと高尾山に行ってくる」とぬけぬけとのたまった。その隙に四人揃って話しあうことにした。姉妹で結束して来るべき日に備えたかった。

「四人じゃなくても……」

桐子がひとり言のように呟いた。

「バカ言ってんじゃないわよ。来週にはお父さんが女、連れてくんのよ。あたしたち、四人姉妹なのよ、こういうときに集まらなくてどうする？ わかってる？ 女は二十二も下なの。ユズ姉とは一歳、あたしとは四歳しか違わないの。そんなお母さんあり？」

「別に……」

「あんたはそれでいいの？ キリちゃん、ほんとにそう思ってんの？」

すんません、桐子は手刀をきって食器洗い機からスプーンを取り出した。

「熱いし」

「熱いはずないでしょ、随分前に洗いあがってんだから」

「じゃなくて、そっちが」

弱々しい上目遣いであたしを見る。

「熱いとか冷たいとかそういう問題じゃないでしょ。お父さんがいい年して、娘といくつも違わない女と結婚すんのよ。それでいいっていうの？」

「あぁ」

「だから『あぁ』はやめなさいって」

桐子はペットボトルと焼きプリンを小脇に抱えると、スプーンをくわえ、ドアノブに手をかけた。

「ちょっと、話、まだ終わってないでしょ」

返事のかわりに、ぱたんとドアが閉まった。

2

階段の下から大声をあげた。

「キリちゃーん」

返事がない。

「キリ子ぉ、みんな揃ったわよ。降りてきなさいっ」

階段を上がって右にある桐子の部屋から、はい、とくぐもった声がした。

「返事はいいから早く！」

きょうは二時から姉妹会議だとしつこいほど言ってある。呼ばれる前に、どうして自分で行動できないのか。

階段の脇に飾ってある女の絵を思わず睨んだ。いつか父が仕事絡みで行った展覧会で買ってきた、モディリアーニの複製画。灰色に塗りつぶされた目で物憂げに首を傾ける女は、どこか桐子に似ている。

本当に世話がやける妹だ。踵(きびす)を返すと顔にほつれ毛がかかった。ああ、うっとうしい。ひとつにまとめていた髪をほどいてもう一度きつく黒ゴムで縛り直した。短い廊下の先の玄関にはロングブーツが脱ぎ捨ててある。ついさっきやってきた楓子のものだ。ファスナーが開きっぱなしのまま、ユズ姉のパンプスの上に倒れこんでいる。

いい年して靴もまともに脱げないんだから。

思春期のいちばん感じやすいときに、母が家を出たのを不憫(ふびん)に思ってか、祖父も父も末っ子の楓子に気を遣い続けてきた。このまま甘やかしてはいけない。そう思ってあたしだけは厳しく接してきたが、効き目はなし。とびきりわがままで横着な女に育ってしまった。

玄関マットに膝をついてブーツを揃えようとしたら、ファスナー部分に刻印されたロゴが目に入った。

「SARTORE(サルトル)」

知ってる、これ。

職場の社員の子がここのブーツが欲しいけど、高いから手が出ないとぼやいていた。たしか十万円近くするはずだ。うちの一ヶ月の食費よりはるかに高い。少し酸っぱい匂いのするブーツをしげしげと眺めた。本物だよね、これ。

ついこの間まで１０９で買ったサンキュッパの厚底ブーツを履いていたくせに。なんでこんな高いものが買えるのか。契約社員だよね？　あの子。編集者って、そんなに儲かるんだろうか。

だったら、少しくらい家へお金を入れたらどうだ？　みんなの愛情を受けるだけ受けてきて、それを還元しようという気はゼロ。自分を着飾ることしか考えてないんだから。

大きく息を吐いて立ち上がった。

リビングのドアを開けると、ユズ姉と楓子が顔をつきあわせて楽しそうに話していた。九歳離れた長女と末っ子は顔も好みもよく似ている。

「キリ子、今、来るって」

「相変わらずなの、あの子？」

二人掛けのソファーの窓側、あたしの定位置に座るユズ姉が眉根を寄せて訊いてきた。会うのは三ヶ月ぶりだ。また少し肉づきがよくなっている。ラメが煌めくグレーのニットの二の腕がはちきれそうだ。

「相変わらずといえば、相変わらず」

ユズ姉の隣に腰を下ろしながら言った。

「月一くらいで、翻訳の仕事の打ち合わせに出かけるけど。あとは、ひっそりコンビニに行くくらいかな」

「なんで、キリちゃんだけ、あんなかねぇ」

ソファーにだらりと背を預けている楓子がゆるやかなウエーブがかかった毛先を指に巻きつけながらこっちを見る。

しばらく見ない間に、化粧がぐっと濃くなっていた。この異常に長い睫毛は、エクステ？

「っていうより、あんたは外へ出すぎ。全然、連絡つかないから心配したのよ」

楓子から返信がきたのは昨日の深夜二時すぎだった。「了解」。たった二文字のメッセージをＬＩＮＥで送ってきた。きょうはきょうとて、約束の時間より十五分も遅れてきた。

「別に長話しないから、ちゃんと電話がつながるようにしてよ。それが無理なら、せめてメールの返信だけでも……」

わかったってば、と楓子が地声の野太い声で遮った。

「そりゃ、あたしだって早く連絡しなきゃと思ってたわよ。でも、ここんとこ、すごーく忙しかったんだって。一昨日（おととい）も昨日も校了で、そうなるともう、編集部にずっと泊まりっぱなしなんだから」

「泊まり？　契約社員ってそんなに忙しいの？」

腰かけOL歴二年、パート経験なし。ザ・専業主婦のユズ姉は丸い目をますます丸くした。

「そうなのぉ。最近、編集ページをまかされてるからねぇ。原稿書くのも大変なんだけど、撮影につきあったり、商品の手配したり。カメラマンとも打ち合わせしたりしなくちゃいけないしぃ。ほんといくら時間があっても足りなくて、プライベートな電話してるヒマなんてマジないのよ。家に帰るとクタクタで、昨日だって寝たの朝の四時だし。こんなんじゃ体もたないしぃ。しかも、社員の女でさぁ、ありえないくらい体育会系のヤツがいてさぁ、そいつ……」

ドアが遠慮がちに開かれた。

「あ、キリちゃんだ。チョー久しぶりぃ」

「あぁ」

ピタピタピタピタと足音を響かせてやってきた桐子が、楓子の隣のソファーに腰を下ろした。

また裸足だ。楓子は珍獣を見るような眼差しでふたつ上の姉を見る。

「てか、キリちゃん、ウケるぅ。まだそのジャージ着てんだ」

桐子はソファーの上に棒のような足をのせ、両膝を抱えると黙って頷いた。

「うわ、脚細っ。てか、ジャージ着て体育座りしたら、まんま高校生だし」

楓子ときたら、昔から姉を姉とも思ってないような態度をとる。

「フーちゃん、久しぶりなんだから、キリちゃんのことからかうの、よしなさい。キリちゃんもキリちゃんよ。そんな恰好しないで、ちゃんと脚下ろしなさいよ」

言って改めるのなら、とっくの昔に直っている。桐子はユズ姉にあぁと頷いただけで、両膝を立てたままコーヒーテーブルのみかんを取った。

「てか、キリちゃん、痩せすぎで見てると寒いんだけど。ホットカーペットついてるんだから脚下ろせば?」

妹の言葉など聞こえないかのように桐子はみかんを揉み始めた。

「でも、相変わらず肌がきれいだわぁ。誰に似たのか四人の中であたしだけ地黒じゃない? だから、キリちゃんみたいな白くてきめ細かい肌が羨ましいわ」

フォローのつもりか、ユズ姉は無表情の妹に優しく微笑(ほほえ)みかける。

「ほとんど陽の光、浴びないんだもん。色も白くなるって。いいなぁ、キリちゃんってヒマで」

　また末っ子が口を出す。

「引きこもりっていちばんの美白だよね。あ、そうだ、美白といえば……」

　楓子はヴィトンのバッグからＡ４サイズの封筒を取り出しコーヒーテーブルの上に載せた。ベビーピンクに「ＦｌｅｕＲ（フルール）」と雑誌名が印刷された袋がいびつに膨らんでいる。

「はい、お姉さまたちにお土産」

「これＦｌｅｕＲの袋？　懐かしい、昔、よく読んでたなぁ、この雑誌」

　ユズ姉は封筒の中身をのぞいて声をあげた。

「ドゥ・ラ・メールの高保湿クリームじゃない。うわっ、ＳＫ-IIのマスクに美白美容液もある」

「ほら、前に会ったとき、ユズ姉、ＳＫ-II使ってるって言ってたから」

「えっ、これ、あたしにくれるの？」

　ユズ姉がうかがうような目を向ける。楓子はもちろんと頷いた。

「っていっても、キャラバンで貰（もら）ったんだけどね」

「キャラバン？」

「あ、えーとキャラバンってのはぁ」

なんて説明すればいいのかなぁ、と蛍光ペンみたいなピンクに塗られた指先に毛先を巻きつけながら、楓子は話し始めた。

　契約社員になってまだ一年ちょっとのくせにすっかり業界人きどりだ。

「だからぁ、化粧品会社のPR担当の人が新製品を持って各編集部をまわるんだけどぉ、その相手してると、サンプル用になんでもタダで貰えちゃうわけ。それに一応あたし、ビューティーライターだったりするじゃない？　化粧品会社の広報の人が『これ使ってみてください』って新製品を送ってきたりするんだよね。発表会とか行ってもいろいろ貰えるしぃ」

「すごい！　ただでこんな高級品が貰えるなんて、役得ってやつね。フーちゃん、ほんといい仕事見つけたわね」

　SK‐IIを貰えたのがよっぽど嬉しかったのか、ユズ姉はうっとりした眼差しで妹を見る。大きく見開かれた目を縁取る睫毛はどこまでも長い。昔から、勉強はできなかったけど、手先だけは器用な姉だった。つけ睫毛と見紛（みまが）うくらい巧みにマスカラが塗られている。

　この飽くなき化粧魂は間違いなく母譲りだ。あの女も、ちょっと近所に行くだけでもフルメイク。三十分でも四十分でも鏡の前にいた。

「でね、これはキリちゃんに」

　次に袋から出てきたのは、ミニボトルに入った入浴剤の詰め合わせだった。

「これ、ヴェレダの入浴剤。自然派ですっごく匂いがいいんだよね。キリちゃんってば、化粧品とか興味ないけど、お風呂、無駄に長く入るし。入浴剤だったら使うかなぁって」

また楓子の、あたしって気が利くでしょアピールが始まった。

「さすがフーちゃんね、キリちゃんの好みもちゃんと把握してるんだ」

本屋で美容院で銀行で、暇さえあれば女性誌をチェックしているユズ姉は末っ子の自尊心をくすぐり続ける。

「こう見えて、あたしって姉思いなんだよね」

楓子は心持ち顎をあげ「苦しゅうない」とばかりに微笑む。バッカじゃないの。あたしは絶対に反応してやらない。こうやって煽てるから、この子はどんどんつけ上がっていくんだ。

楓子は隣をのぞきこむようにして言った。

「ね、だからぁ、キリちゃんもこれでリフレッシュして、気分上げてよ」

「あぁ」

みかんを揉んでいる桐子は、入浴剤を見もしない。

「で、次はシュー姉よ」

楓子はＦｌｅｕＲの袋からケースを取り出すと、前に差し出した。

「はい、アスタリフトのトライアルキット。ちりめんジワに効果抜群よ」

「どういう意味よ、それ」

「やーね、冗談だって。シュー姉ってば、すぐマジになるんだから。あ、もうひとつあるんだ。これはばっちり役に立つと思うな」

バッグからゴールドの箱を出して、中を開けて見せた。

「なによ、それ？」

「エスティローダーの婚活リップ。この01番をつけると、恋愛運がチョーあがるっていう伝説のリップなんだから。知らないの？　てか、知らないから彼氏できないんだよね」

胸のあたりがざわざわする。

楓子が指先で弄んでいる容器の底は透明になっている。あたしには到底似合うとは思えない柔らかいピンクベージュ。なにが婚活リップだ。ふざけている。婚活なんて言葉、大嫌い。あたしだって、好きでこの年までひとりでいるんじゃない。

三十六年も女をやっているのだ。結婚に届きそうな恋をしたことだってある。でも、ここぞというときに母の出奔の記憶が邪魔をして、ユズ姉みたいに図太く王手をかけられなかった。あの晩春の日のことを思うとなにも信じられなくなる。誰かと幸せな家庭を築いていくなんて無理。「シューちゃんは、いちばんあたしに似てないようで、実は根っこの部分でいちばん似てるのよね」。母が家を出る前に話していた言葉が呪いのように蘇ってきて、前へ進もうとした気持ちも萎えてしまう。

「うちの編集部でもさぁ、一回特集やったんだけど、このリップつけ始めた途端、彼氏ができたりとか、プロポーズされたりとか、マジでそういうの、多いわけ。パワーありすぎてヤバいくらい。だからぁ、シュー姉もこれつけてがんばってみてよ」

黒目がちの大きな目はいたずらっぽくこっちを見る。かつて母も同じ目をして娘たちをからかった。

「いらないわよ、こんなの」

差し出されたトライアルキットとリップをつき返した。

「なんなのよ、シュー姉ってば、ほんと、すぐイラつくんだから。カルシウム、てかイソフラボン？　足りてなくね？　眉間(みけん)にすっごい縦ジワ寄ってるし。そんなんだから……」

「そんなんだから、なによ」

楓子は指に毛先を絡めながら言った。

「怖いから、言わなーい」

「あんたねぇ」

妹を思い切り睨みつけた。

母が逃げ、姉も逃げ、傷ついた家族の面倒を見ていたら、瞬く間に時間は過ぎていった。

自分の幸せよりも家族のこと最優先でがんばってきた。なのに、父はあたしを裏切った。こっちの気持ちなんて置いてけぼりで、自分だけ幸せになっていく。これでイラつかないほうがおかしい。イラついてなにが悪い？

リビングが静まり返った。

「そうそう、フーちゃんの好きそうなケーキ買ってきたのよ」

張りつめた空気を打ち破るように、ユズ姉が腰を上げた。

「ほんと？　ありがと、お姉たん」

楓子は安物のケーキみたいな甘ったるい声をあげて小首を傾げた。

二十九にもなって「お姉たん」。そっちこそ笑った目尻にはちりめんジワがびっちり寄っている。自分が「いちばん若い女」でいられるのは姉妹の中だけなのに、それに気づかぬ末っ子はどんどんイタい女になっていく。

「あたし、お茶淹れるわ」

仕切り屋のユズ姉が腰を上げた。

「あたしも手伝うわ」

ユズ姉に続いて立ち上がった。

「あ、シュー姉、あたし、紅茶じゃなくてコーヒーお願いね」

楓子のふてぶてしいオーダーが後ろから追いかけてきた。

コーヒーテーブルの上に茶を置いていると、ユズ姉がケーキを運んできた。

「やだ、これ、すごーい。ル・コフレ・ドゥ・クーフゥのケーキじゃない」

楓子が身を乗り出して、カシスとチョコレートが二層になった宝石のようなケーキをのぞきこんだ。

「これ白金(しろかね)に本店があるでしょ」

ユズ姉はソファーに腰を下ろしながら頷いた。

「そう、これは多摩センターの三越で買ったんだけどね。でも、さすが、フーちゃん、よく知ってるわね」

「まぁ、一応、女性誌で働いてるしぃ。人気のスイーツチェックも仕事のうち。チョー美味(おい)しいって評判だから、一度食べてみたかったんだよねぇ」

楓子はバッグからスマホを取り出し、ケーキにかざした。

「あ、キリちゃんの指が入ってる。ちょっと邪魔……」

そろそろ限界だ。我慢の糸が切れる前に言葉が口をついた。

「やめなさいよ」

我ながらドスが利いている。

「なによぉ、もー、変なタイミングで言うから手ブレしちゃったじゃん」

楓子は子供のように口をとがらし、もう一度スマホをかざした。

「だから、写メるのやめなさいって言ってるでしょ」

声を荒らげてみても楓子は少しも動じない。シャッターを押し、写りを確かめてからこっちを見た。

「いいじゃん、Facebookにあげるんだから」

「そんなもん、アップしてどうすんのよ」

「日課なんだし。みんなコメントくれるし」

「あんたさぁ、忙しい忙しいって言いながら、パソコンに向かって、そういうことばっかやってんでしょ。さっきから黙って見てたらなに？　化粧品みんなに配ったり写メ撮ったり、チャラチャラして何様のつもり？　きょうはお父さんの再婚について、いろいろと姉妹で話しましょうって会なのよ。どうしてそう空気読めないのよ」

楓子は肩をすくめた。

「怖っ。そんな早口でまくしたてないでよ。てか、空気読んでないの、そっちじゃん。せっかく四人で集まったのに、ひとりでイライライライラ、イラつきまわって。シュー姉ってやっぱ更年期だって。今度来るときイソフラボンのサプリ持ってきてあげるよ」

「ふざけないで、あたし、まだ三十六よ」

楓子だけじゃない。隣で紅茶を飲みかけていた桐子の口もとが緩んでいる。ふたりまとめて睨みつけた。桐子は慌てて視線を落としたが、楓子は底意地の悪い目でこっちを見返してくる。

「あら、でも、男ひでりが続いてると、更年期も早いって言うし」

なんでこの子はあたしにいちいち突っかかってくるのか。あたしがなにをしたっていうの？

「やめてよ。男ひでりとか、下品な言葉、使わないでちょうだい。だいたい……」

「ふたりとも、そ・こ・ま・で」

ユズ姉が一語一語区切るように言った。

「シューちゃんもフーちゃんも。ここで喧嘩しちゃ、それこそなんのために集まったのかわかんないじゃない。ね、お茶も淹れたことだし。そろそろ懸案のお父さんの再婚について、話しましょう」

なに、仕切ってんの、この人。肝心なときはいつもさっさと逃げ出すくせに。よく恥ずかしげもなく、長女面ができるもんだ。抗議の視線を送っても、ユズ姉は気づかぬふりして話を続ける。

「お父さん、年内に入籍するって言ってるんでしょ。問題はまずそれ。いくらなんでも急だわよね」

「もしかしてデキちゃった婚だったりして」

ニンシン？

楓子の手が腹の前で大きく弧を描いてみせた。

考えてもみなかった。父が再婚するだけでも耐えられないのに、妊娠だなんて、嫌だ、考えたくもない。

「んな、はずないでしょ。フー子、相手の女いくつだと思ってんの？　今年、四十よ」

「あら、四十でもする人は妊娠するわよぉ。そうじゃなきゃ、シュー姉、困っちゃうじゃん。もう三十七なのに」

「ロク！　まだ三十六です、あたしは」

「フーちゃんたら、余計なこと言わないの」

末っ子をたしなめながらも、ユズ姉の口元は緩んでいる。

「でも、フーちゃんの言う通りよ。今どき四十過ぎての妊娠もなくはないわ。近い将来、あたしたちに弟か妹ができる可能性はゼロってわけじゃ……」

「やめてよ！」

冗談じゃない。他人が入りこんでくるだけでも耐えられないのに、もうひとり増えるなんて。うちは、これまでもこれからも四人姉妹だ。それ以外のきょうだいなんて考えられない。

「シューちゃん、そりゃあたしだって嫌よ」

隣に座るユズ姉がにじり寄ってきた。

「でも、もしも他にきょうだいができたとして、お父さんにもしものことがあったときは……。そういえば、この家の財産ってどのぐらいあるのかしら」

あの女が置いていった通帳とこの十四年間、父に頼まれてコツコツと貯めてきた預金。頭の中ですばやく電卓を叩いた。

「預貯金は三千万円ちょっとよ。お父さんの退職金はそれなりなんだろうけど、老後の蓄えだから。……あとは、この家、築三十年近く経ってるから、上物はいくらにもならないでしょ」

楓子がコーヒーテーブルの端に刻まれた傷をなぞりながら言った。

「でも、土地は結構な金額になるんじゃない。二十三区じゃないけどさ、ここ練馬にも近いし。坪はどのくらいあるんだろ」

「土地八十、建坪百二十」

桐子が棒読みで言った。

「やだ、キリちゃん、なんでそんなこと知ってんの？」

妹の質問に桐子は下を向いたまま答えた。

「ずーっと前にお父さんが、あの人と話してた」

家を出て十四年。姉が結婚しても出産しても、妹たちが大学に入っても、祖父が亡くなっても、いっさい連絡してこない女の話は、この家ではタブーになっていた。〝お母さん〟すらも禁句。〝あの人〟という言葉は聞こえなかったような顔をしてユズ姉が言った。

「八十坪か。だったら七、八千万」

「ううん、もっといくって。ほら、角を曲がったところに住んでた小島さん、相続税が払えなくて、家売ったたっていうし」

楓子が身を乗り出してきた。若く見られることが自慢の妹だが、近所の噂話を始めると、見た目年齢が一気に五歳は跳ね上がる。

「ってことは一億？　いや、もっと上かも。すごーい、うち資産家じゃん。ってことで、間違いないね。相手の女、絶対、財産目当てだって」

「あら、でも、フーちゃん、財産ならもっと条件いいとこたくさんあるでしょ。この家に来れば、もれなく小姑が四人ついてくるわけだし。それより再婚したら、その女もここに住むわけでしょ。シューちゃん、どうするのよ、水まわりとか？」

「水まわりって？」

ユズ姉は呆れ顔で言った。

「やあね、ぼけっとした顔して。なんにも対策、考えてないの？　シューちゃんって昔からそう。すっごくしっかりしてるようで、肝心なことがすっぽり抜け落ちてるんだから」

反論できなかった。ユズ姉の指摘は的を射ている。

持ち上げかけていたカップをテーブルの上に置いた。

あと一ヶ月もしないうちに父が再婚をする。この数日間、怒りに取り憑かれて、そこから先に考えが及ばなかった。どうしよう。一緒に暮らすようになれば、主婦がわりのあたしが、いちばん割を食う。

「お風呂とキッチンとトイレ。この三つは絶対に別々にしたほうがいいって。うちも建て直す前、大変だったんだから。まあ、うちは予算の都合でお風呂は無理だったけど。キッチンはなにがあっても別々にしなきゃ。あなたねぇ、主婦の聖域に女がふたりいたら、悲劇よ」

十四年前、妊娠がわかったとき、ユズ姉は相手の男より先に、その母に事実を告げた。

「わたしが相談できるのは、おばさまだけなんです」

自分の娘のようにユズ姉をかわいがっていた男の母は初孫が生まれることに狂喜した。

「一日も早くウチに来て。身のまわりのことは、すべてわたしに任せなさい」

義母を実母のように慕って外堀を埋めた。でも、姑はやはり姑だ。同じ屋根の下でなんとかやっていけたのは長女を出産するまで。すぐに冷戦状態となり、ふたりの間に立って苦しんでいた義父と義兄は金を出しあって、家を二世帯仕様に建て直した。

「うちのお義母さん、頭おかしいんじゃないかっていうくらい潔癖症で、必死であたしがシンクを磨いても、スポンジに泡が残ってたとか、三角コーナーにぬめりがあるとか、ネチネチ、ネチネチ。建て直したときは、あたし、自分だけのキッチンに頬ずりしたくなったもんよ。考えてもみなさいよ、シューちゃんとたった四歳しか違わない義母がこれまで大切にしてきたキッチンを使うのよ。それでいいの？」

「いいはずない。絶対無理。あー」

思わず頭を抱えこんだ。

「やーね、シュー姉、落ちこんでいると、キリちゃんそっくり」

楓子がからかうようにこっちを見た。もはや怒る気にならない。

「この先のこと、考えたら、あたしも引きこもりたくなった」

耐えられない。どん底から立て直してきたこの家に知らない女が土足で乗りこんでくるなんて。

「だったら、うちも二世帯にしちゃえば？　お父さんが承知しないんなら、小姑魂、全開にしてその女、イジメ倒してさぁ。シュー姉、そういうの得意そう」

喜々として楓子が語り出した。

「よくドラマであるじゃん。箸の上げ下ろしやら、お茶の淹れ方やら、ネチネチ文句言ってやんの。なんだったら、あたし手伝うしさぁ。そしたら二世帯にするって。てか、その女、なにやってんの？　再婚するってこと以外、情報ゼロだよね」

女の素性は詳しく知らされてなかった。いくら父に訊いても「まずは本人に会ってくれ」の一点ばりだった。

「それが、お父さん、詳しく言わないの。三十九歳のフリーの翻訳家で初婚は初婚みたいだけど……」

「翻訳家？　またすかした職業ね」

ユズ姉は心持ち上向きの鼻をフンと鳴らした。翻訳家志望の桐子は申し訳なさそうに俯いている。

「血液型は？」

「知らない。訊いてもないし」

「なんで？　それ重要よ。あたし、ガチガチのA型苦手なんだよね」

血液型信奉者でB型の楓子は不服そうに言って、A型のあたしと桐子を見る。

「でも、お父さん、詳しく話さないっておかしくね？　その女、なんか訳ありなんだって」

「そうよね、あたしにも電話で『詳しくは今度話すよ』って言ったきりだし。だいたいなんて名前、その人？」

ユズ姉がさらににじり寄ってきた。

「サイオンジカオル。西園寺公望（きんもち）のサイオンジに薫の君のカオル」

「カオルノキミ？」

「あんた出版社で働いていてそれもわかんないの？　光源氏の息子でしょ。カオルは草かんむりに重いって書いて、レンガ、点四つよ」

「なにそれ、芸名みたい。てかさぁ……」

カタンという音が楓子の言葉を遮った。桐子が力まかせにカップを置いて、ソーサーの上に紅茶が零（こぼ）れている。

「どうしたのよ、キリちゃん」

楓子が隣を見た。

「知ってる」

桐子の語尾が震えている。

「知ってるって？」

ユズ姉とほぼ同時に身を乗り出すと、桐子は唇を噛んだ。

「えっと……一ヶ月前、新聞社の出版部で担当さんに紹介された。『お父さまにはいつもお世話になっております』って、名刺もらった。翻訳家で西園寺薫」

消え入りそうな声でモソモソと話す。あー、もうじれったい。

「だからどんな人なのよ？」

「きれいなの？」

ユズ姉がかぶせてきた。

そんなはずない。きれいで、その上、西園寺薫なんて許せない。どうせなら、この四人の中の誰よりも不細工であってほしかった。

でも、桐子は首を縦に振った。

「びっくりするくらいきれい……けど」

ああ、また。いつもの悪い癖。

「けど、なによ。途中で話やめるの、やめなさいって」

みんなの視線が三女に集中する。

桐子は大きく息を吐いた。

「……その人、男だし」

「え？」

三人、ほぼ同時に口にした。

そして、空気が固まった。

3

「なんだかあたし、急に暑くなってきちゃった」

長い沈黙を打ち破るように言ったユズ姉がコーヒーテーブルの上にあったリモコンをとった。ピッピッと暖房の温度を下げる音がやけに響く。

「どういうことよ、男って」

ユズ姉の眉間に深い縦ジワが寄る。

「意味わかんない」

楓子が身震いした。

午後の光が射しこむリビングはまた静まり返った。

あまりの衝撃でため息も出ない。西園寺薫が男　西園寺薫が男　西園寺薫が男……白くなっていく頭の中でただ同じ言葉を繰り返していた。

「実はずっと前から、つきあっていたんだけどね……」

三日前の夜に聞いた言葉が蘇る。

父は今、楓子が座っている場所で言った。四年前から恋人がいたのだと。そんなにも長い間、あたしに隠れて女とつきあっていた。許せない。あの夜は、怒りでうち震えた。でも、今は怒りより驚き、いや驚きよりも嫌悪感が全身に走る。あたしのお父さんが同性愛者だったなんて。

「信じられない」

思わず声にしていた。

楓子はカシスとチョコレートが二層になったケーキにフォークを力いっぱい突き刺した。

「マジありえない」

ケーキを細切れにして、口に放りこんでいく。

「あんた、よくこんなときに食べられるわね」

楓子は唇の端についた紅いソースを舐(な)めながら言った。

「こんなときだからこそよ。お父さんがゲイだなんて。甘いものでも食べなきゃやってらんない」

桐子だけが黙って、みかんを採み続けている。

「お父さん、あたしたちに隠れてオネエ言葉とか使ってるってこと？　てか、女役……ネコっていうんだっけ？」

じゃなくてウケ。桐子がぼそりと訂正した。

「そのウケとかだったらどうしよう。新宿二丁目とかにいるおかまちゃんみたいなわけ？　女装とかもしたりするの？　ヤダ、そんなの、キモすぎ。だって……」

「やめてよ」

楓子の言葉を遮らずにはいられなかった。ゲイ、おかま、オネエ。妹が無神経に放つ言葉が胸に刺さる。本当のことを言えば、その違いさえよくわかっていない。そのくらい、自分の人生には関わりのない人種だと思っていた。なのに、この世でいちばん身近に感じていた父が……。

フローリングに網の目みたいな枝の影が映っている。

掃き出し窓の外に目がいく。大きく枝を広げる桜の木は父が生まれた年に植えたものだ。今はすっかり葉を落としているが、春には美しい葉をつけ、夏には青々とした葉を茂らす。いつもふり向けばそこに桜があった。

あたしが知っているお父さんは正真正銘の男だった。強く雄々しく、ぐいぐい引っ張っていくタイプではないけれど、あの木みたいに穏やかに優しく家族を見守ってくれる。その大きさは父性そのもの。オネエ言葉で話している姿なんて想像できない。ましてや女装なんて。

「あの……」

くぐもった声がした。みんながいっせいに桐子を見る。

「べ、別に、必ずどっちかが彼女役をしてるわけじゃ……」

「そうなの？」

ユズ姉の問いに桐子は頷いた。

「そういうカップルもいるけど、フツーはお互いが『彼氏』っていうか……。男同士なんだから、わざわざ異性愛者（ヘテロ）の真似する必要なくて……」

でも、なんでそんなこと知ってるの、この子？

楓子が合点がいったように頷いた。

「さすが腐女子！　キリちゃん、昔から、ＢＬ大大大好きだものね」

「ビーエルって？」

「やだ、シュー姉、ＢＬも知らないの？　ＢＯＹＳ　ＬＯＶＥ、略してＢＬでしょ。キリちゃんの本棚、ほとんどがＢＬだし。てか、キリちゃんのそういうシュミってお父さん譲りだったってこと？」

「そ、そんなんじゃないし」

楓子の言葉に桐子は俯く。

「フーちゃんったら、冗談言ってる場合じゃないでしょ」

楓子には甘いユズ姉もさすがに眉をひそめた。

「えー、どんなときでもユーモアは必要だし。てか、マジな話、お父さん、なんやかんや言ってても四人も子供作ったわけでしょ。女にもちゃんと反応するってことは、昔からゲイってわけじゃないんじゃない。なんだっけ？　性同一ナントカみたいに体が男、心が女ってわけでもなさそうだし。中年になって男に目覚めたっていうか……」

スマホ片手に還暦を過ぎた父のセクシャリティについて楓子はあけすけに話し続ける。この無神経さはきっとあの女に似たんだ。

「あ、てか、これじゃない」

画面をスクロールしていた楓子の指が止まった。

「なんであんたは大事な話してるときにスマホ見るのよ」

「やーね、シュー姉。大事な話だから見てるんでしょ。ほらこれ、お父さん、このＬＧＢＴってやつだよ」

楓子はスマホの画面をこっちに向けた。

「ここに書いてるでしょ。レズビアン、ゲイ、バイ・セクシャル、トランスジェンダーの頭文字を取ってLGBTなんだって。セクシャル・マイノリティってやつか。へぇー、体の性、心の性、好きになる性……いろんなヴァージョンがあるんだ。同性愛者＝オネエってわけでもないみたいよ」

「BLGでもなんでもいいけど」

「ユズ姉、LGBTだって」

楓子が能天気に笑った。

「とにかく、相手が男とわかったら、このままじゃいられないわ。シューちゃん、いったいどうする気よ？」

ユズ姉がこっちを見る。

「そんな、どうする気って。急にあたしにフラれても」

「だってシューちゃん、ずっとこの家、仕切ってきたじゃない。あれだけお父さんの面倒見てきたんだから」

まるで、あたしの監督不行き届きで父が同性愛に目覚めたみたいな言いぐさだ。

「面倒見てきたんだから、なんなのよ？　別に好きで仕切ってたわけじゃないわ」

そっちが家がいちばん大変なときにそそくさと逃げたんじゃない。だから、あたしは……。ダメだ、先に熱くなったほうが負け。ここでユズ姉と喧嘩しても仕方がない。喉まで出かかった言葉をぐっと呑みこむ。

「でも、よく考えてみると、変ね。お父さん、『結婚する』って言ったんでしょ。アメリカとかフランスだったらアリかもしれないけど、日本じゃ同性婚なんて認められてないわよ」

ユズ姉が首を傾げた。

「あれ？ でも、この前、元宝塚の人がディズニーリゾートで女同士で式挙げてたよ」

「式を挙げるのと法的に認められるかは別の問題よ、フーちゃん。ねぇ、シューちゃん、お父さん、ほんとに結婚するって言ったの？」

「こんなことでウソついてどうすんのよ。あたしはたしかに『もう一度、結婚しようかと思ってるんだ』って聞いたわ。西園寺薫の四十の誕生日までにはなんとかしたいって」

「そ、それって多分……」

桐子が言いかけて、またすぐに口をつぐんだ。ああ、もうじれったい。

「多分、なによ？」

桐子は膝頭に鼻先をうずめた。

「シューちゃん、そんな問い詰めるみたいに訊かないの」

　ユズ姉が横目であたしをたしなめた。

「キリちゃん、どうしたの？」

　手本を見せているつもりか、猫なで声で訊き直す。

　桐子は、膝頭を見つめたまま言った。

「お父さん、養子縁組するつも……」

「えー、あたしたちに四十のお兄ちゃんができるわけ？」

　話し終わらないうちに、楓子が割りこんできた。

「やーよ、そんなの。あたし、お姉ちゃん三人でじゅうぶん。トウがたったお兄ちゃんなんていらないし」

　ユズ姉がコーヒーテーブルを平手で叩いた。

「シューちゃん、お父さん、きょうデートなんでしょ。どこに行ってんの？　ああ、もう。自分で言っててイヤんなるわ。男とデートなんて気色悪いったらありゃしない」

「高尾山に行くって」

「は？　高尾山？　ハイキングなんてしてる場合じゃないって。シューちゃん、お父さんに電話！」

「電話って、どうする気？」

ユズ姉がぎろりとこっちを睨む。

「決まってんじゃない。みんなで話し合って籍入れるのやめてもらうのよ」

太めに描いた眉がかすかに動いた。そろそろ始まる頃だ。

ソファーに座り直し、次の言葉を待った。

「だいたいさ、佐竹のお義母さんがお父さんに再婚話、持ちかけたとき、あの人なんて言って断った？」

だんだん語気が荒くなってきた。昔からユズ姉の激し方は変わらない。冷静を装っているのは最初だけ。怒りが全身にまわってきて沸点に達すると、急に言葉が荒くなる。

「『結婚は一度でじゅうぶんです』って言ってたのよ。なのに今になって。あのオヤジ、どういう神経してんの？　あたしお義母さんや旦那になんて言えばいいのよ？　うちの子たちには？　お祖父ちゃん、本当は男の人が好きなのよって言えっつーの？　娘にどんだけ恥かかせたら気がすむの？　シュー子、なに、ぐずぐずしてんの。早く、電話！」

一気にまくしたてた。

「……わかったわよ」

ダイニングテーブルの上のスマホを取ろうと腰を上げかけた。

「いいわ、やっぱりあたしがかける」

ユズ姉がバッグからスマホを取り出し、すばやく画面をタップする。

「もー、お父さんったらどこほっつき歩いてんだか」

父はなかなか出ないようだ。ユズ姉は苛立たしげにもう一度、画面をタップする。

「早く出ろって」

そう言った瞬間、念波が伝わったのか。ユズ姉が目を大きく見開いた。父が電話に出たようだ。

「もしもし、お父さん、あたし、橙子です」

数分前の怒りが嘘みたいな穏やかな声だ。

「――そう、今、久々に四人で会ってるの。でね、シューちゃんからきょうお父さんが薫さんと会ってるって聞いたから。よかったら、ご挨拶できないかなって」

突然の提案に父はきっと戸惑っているはずだ。『近々そういう機会はもうけるつもりだが、さすがに急だからなぁ』などと電話の向こうで渋ってるんだろう。ユズ姉はうん、うんと根気強く相槌を打つ。

「あら、でもだって、こうやって四人が揃うのってめったにないし。それに……」

ひと呼吸おいて姉は続けた。

「薫さんのこと、さっき聞いたわ。――ええ。――ええ。前にね、キリちゃんが出版部の人から薫さんを紹介されたみたいで。――ええ。もちろんよ。こっちも心の準備はできてるわ。だから、変な気まわさないで、薫さん連れてきてよ」

包みこむように話す姉の横顔を見ながら思った。この人はあたしとは違う。どれだけハラワタが煮えくり返っていてもいきなり相手に怒りをぶつけない。きっと夫や娘たちの秘密をかぎつけたときも、こうやって優しく語りかけ、向こうの警戒心をとくのだろう。

「――うん、わかった。じゃ」

ユズ姉はスマホを耳から離し、無表情に画面を見つめた。向こうが電話を切ったのを確認して終話ボタンを押した。

「五時すぎには、こっちに戻ってくるって。六時に『青龍苑』の個室、予約しておくから、そこで会おうって。さぁ、どうやって潰してやろうか」

そう言って、大きく息を吐き腕組みした。

店には「蘇州夜曲」が流れていた。中華格子の引き戸の向こうから中国訛り(なま)の大きな声がする。

「こんばんはー」

店主の李さんが満面に笑みを浮かべて、赤いターンテーブルを囲む四人を見まわした。この店に来るのは半年ぶりだが、相変わらず李さんは、ごま油を塗ったみたいにツヤツヤしている。

「どうも、ご無沙汰してます」

化粧直しの途中だったユズ姉が手を止め、よそ行き顔で頭を下げる。

「久しぶりに森戸家のベッピンさん四人が揃ったね。先に始めとく？」

李さんは、白く太い指でグラスを傾ける仕草をした。

「父もすぐに来るでしょうから、みんな揃ってからでお願いします」

「アイアイサー。じゃ、声かけてね」

李さんの足音が遠のいたところで、楓子が右隣の空席を見ながら、身を乗り出してきた。

「お父さん、家じゃなくて、ここに呼び出すなんてズルくね？　個室って言っても、壁薄いし、扉スカスカだし。これじゃ大声出したら、外へ丸聞こえ。言いたいことも満足に言えないし」

父が西園寺薫との顔合わせに指定したのは家から徒歩十五分の駅前の中華料理店青龍苑だった。父曰く「由緒正しい広東料理。ここの酢豚は日本一美味い」。祖父の古稀や父の還暦、四姉妹の誕生日や入学、卒業祝い……。昔からちょっとした家族のイベントがあると、必ずこの店に来た。ユズ姉の結婚相手が挨拶に来たときもここで会食したけれど、まさかこの場所で父の結婚相手の男と会うことになるなんて。

「仕方ないじゃない。向こうの希望通りの場所にしなきゃ、なんだかんだ口実作って、顔合わせ、先延ばしにしそうな雰囲気だったんだもの。でも、どこだろうと、あたし、言うべきことはちゃんと言うわよ」

化粧も武装のひとつなのか。楓子の左隣に座るユズ姉はピンクベージュの唇にたっぷりとグロスを塗りながら、喋（しゃべ）っている。

「てかさ、約束、六時でしょ。もう五分もすぎてんですけど。時間守らないなんてサイテー」

待ち合わせに遅れる人間ほど、相手を待つのは苦痛なものだ。五分どころか、十五分以上遅れるのが当たり前の楓子は苛立たしげに冷えた水を飲み、ふ——っと息を吐いた。おもむろにバッグから蝶（ちょう）の形の手鏡を取り出すと、毛穴チェックを始めた。

まったく……。お気に入りの角度で鏡に向かって微笑む姉と妹を見比べた。なんで今、笑顔の予行演習が必要なのか。げんなりしたところで、隣から震度1くらいの振動が伝わってきた。ちんまりとした横顔を見た。

「キリちゃん、貧乏ゆすりやめてよ」

振動がいったん止まる。

「あぁ」

「だから、あぁはよしなさいって」

よく見ると、いつもは血の気のない薄い唇がほんのり桜色になっている。この子ったら、いつの間にか、グロスを塗ってる。ジャージから着替えたグレーのニットも毛玉なし。いつものユニクロじゃない。去年、誕生日にあげたウールのほうだ。

どいつもこいつも西園寺薫ごときに会うのに、なんでこうも気張るのか？　あたしは黒ゴムを濃紺のシュシュに替えてきただけで、化粧もロクにしていない。後ろでひとつにまとめていた髪をほどいた。もう一度きつくシュシュで縛り直したちょうどそのとき、引き戸の向こうにダウンジャケットを着た頭の薄い男が見えた。

「お父さん……」

他の三人の視線が戸口にいっせいに注がれる。

「すまん、少し遅れちゃったな」

父はいつもより硬い表情を浮かべている。隣にいる連れに向かって目配せすると、父より頭ひとつ背の高い男が姿を現した。

これが西園寺薫。父の恋人。

桐子はこの男のことを「びっくりするくらいきれい」と言った。その言葉に嘘はなかった。三十九歳、独身、ゲイ、イケメン……。少ない前情報から、なよなよとしたヤサ男だとばかり思っていた。

でも、まるで違った。目の前にいるのは小麦色の肌を持つ、好ましく彫りの深い男だった。この高くすっとした鼻すじ！

大きな濡れたような瞳がターンテーブルを見渡して言った。

「お初にお目にかかります。西園寺薫です」

艶やかなバリトンボイスが部屋に響く。

「はじめまして。長女の橙子です。あの、どうぞ、こちらへ」

さっきまでの戦闘モードはどこに行ったのか。ユズ姉は優しく薫に微笑みかける。そうだった。この人もあたしと同じ鼻フェチだった。

父と薫はターンテーブルの上座に移った。楓子が姉に負けじと立ち上がり、薫を見上げる。

「上着を」

「ありがとう」

薫はダウンジャケットを脱いで、楓子に渡した。

「お父さんのも」

家では一度もやったことないのに、楓子はそれが習慣であるかのように甲斐甲斐しく手を差し出す。

「ああ、悪いな」

父は脱ぎ終えたダウンジャケットを楓子に渡した。部屋の隅にあるコートハンガーにかけられたダウンジャケットはふたつともモンベル。父は黒、薫は紺。色違いだった。なんなの、この男たちは。若くは見えても、薫だってもうすぐ四十なのだ。いい年をした男たちが色違いの服なんて恥ずかしくないのか？

あたしの視線に気づいているのか、いないのか。松と梅を配した山水画を背に、腰を下ろした父は、静かに言った。

「こちらが西園寺薫さんだ。さっき聞いたけど、キリ子は前に一度会ったんだってな」

桐子は黙って俯いた。酔っぱらったみたいに頬が赤い。

「すいません。あのとき、僕が名刺交換したことをお父さんにお伝えしておけばよかったんですが……」

あたしの左隣に座った薫は伏し目がちに話す。長い睫毛ときれいな鼻すじ。見惚れている場合じゃないのに横顔に見入ってしまう自分が情けない。

右隣からはまた桐子の振動が伝わってきた。

父は薫に、あたしたち、姉妹を紹介していく。楓子は今、出版社で女性誌の編集をしているのだと話し終えたところで、李さんがオーダーを取りにやってきた。

「どうも、どうも。おー、カオちゃん、どうしてたの？　久しぶりだねぇ」

カオちゃん？　あたしたち四姉妹でもめったに名前で呼ばれたことはないのに。

「ご無沙汰しております」

薫は地獄で仏に会ったみたいな笑みを浮かべた。もしかして、ふたりの関係は李さんにはカミングアウト済み？　そういえば、この肌艶のいい二代目店主は六十過ぎても独身だ。みんなその手の仲間だったのか。もうなにがなんだかわからなくなってくる。

「とりあえず、ビールでいいかな」

父はテーブルを見回し、みんなが頷いたのを確かめて、李さんに向かって指を三本立てた。

「じゃあ、瓶ビール三本。あとは、クラゲの酢の物と蒸し鶏の胡麻(ごま)ソース、それと特製チャーシューね」

「アイアイサー」

李さんが引き戸を閉めると、父から笑顔が消えた。

いつしか曲は「夜来香(イエライシャン)」に変わっていた。歌っているのは李香蘭(リコウラン)だ。本名、山口淑子(やまぐちよしこ)。満州でデビューして、日本と中国の架け橋になるために中国人と偽り続けた女優だと祖父が昔、教えてくれた。そういえば、あのとき祖父は言っていた。「本当の自分を偽って世間を欺くのは辛いことだ」。祖父はひとり息子が男も愛することを知っていたのだろうか。

わずかな沈黙のあと、父が軽く咳払いした。

「まあ、みんなかなり驚いたと思うが、見ての通り、こういうことだ」

薫が黙って頭を下げる。父は後退した額を二、三度掻きながら、言葉を続けた。肉が削げ落ちた頬がピクピクと動いている。

「ずっと黙っていて悪かった。世間的な常識に照らし合わせてみれば、不自然なことかもしれない」

天井に吊るされた時代遅れのシャンデリアをしばらく見つめてから父は腕を組み、自分に言い聞かせるように言った。

「でも、父さんと薫にとっては、ごく自然なことで。そうとしか言いようがないんだよ」

「じゃあ、訊くけど、前の結婚は不自然だったってこと？　あの女は、お父さんがそういう趣味だって承知で結婚したの？」

いつの間にかこぶしを握って喋っていた。

「シューちゃん、そんないきなり噛みつくみたいに言わなくても……。薫さんだって、びっくりしてるじゃない」

手ぐすね引いて、父と薫を待ち構えていた姉はどこへ行ってしまったのか。「すいません、妹が無神経なこと言って……」。あたしは百年前からあなたの味方ですよとばかりに薫に語りかけている。

「いえ」

薫は殊勝な面持ちで目を伏せた。男のくせに睫毛が長すぎる。その横顔をちらりと見て、父は言った。

「母さんと結婚したときは、自分が同性に惹かれることになるなんて思ってもみなかった。

……いや、これは正確じゃないな」

それまでも同性を好ましく思ったことは何度かあった。でも、それが恋愛感情なのだとは認めたくなかった。小、中、高と男子校だったこともあって、男世界で育ってきた人間特有の友情の延長なのだと自分に言い聞かせていた。父はそこまで話し終えた。長年隠してきたことを告白したからなのか、重い荷物を下ろしたような、ほっとした表情を浮かべている。

「薫に出会ったのは、四年前、仕事でだ。前から薫の本は読んでいた。でも、実物に会ったとき、思いもよらぬ感情がわき上がったんだ。なんというのかな、出会った瞬間、スパークしたんだ。これまでとは違う。もうこれ以上、自分を偽れないと思った」

眉間のシワは消え、大きな二重瞼の目尻がだらしないくらい下がっている。スパーク？

娘たちの前で、よくもまぁ、いけしゃあしゃあと。

「とにかく、どうしようもなく惹かれたんだよ」

そう言って眩しげに隣を見る。初めて見る父の顔だった。あの女にはもちろん、娘にも孫にも見せたことのない男の眼差し。恥じらいを含んだ微笑で薫は頷く。

体がカッと熱くなった。負けた、とは意地でも思いたくなかった。でも、確信した。この先、あたしがカミングアウトを受け入れなくても、父は動じやしない。恋は父を図太くした。この男さえいればもう平気なのだ。見栄も外聞もかなぐり捨てて、父はこの男を選んだ。そんなの許せない。そんなの……。

「それって娘たちの前で言うこと？」

怒りで唇が震えている。咎めるように、楓子がこっちを見た。

「やーね、シュー姉ったら、自分から話をふっといて、キレモードにならないでよ。ごめんなさい、薫さん。姉は四人の中でもいちばんファザコンなもんで」

「変なこと言わないで。あたしはファザコンなんかじゃありません」

シュー姉、声デカすぎ。楓子が眉をひそめた。構わず話を続けた。

「あたしは、ただ、混乱してるだけ。お父さん、四年間もつきあっていたのに、あたしたちになんの相談もなく、いきなり結婚だなんて。し、しかも、相手は……。こうやって事後報告みたいに『実はつきあっていた』とか言われても」

「申し訳ありません」

薫がまた頭を下げた。

「そうやって、簡単に頭下げないでください。別にあたし、あなたに謝ってほしいとか思ってませんし、頭下げられたところで、なにがどうなるわけでもないんだから。そりゃふたりにとっては自然なことかもしれないけど、あたしにはやっぱりものすごく不自然なわけで、それを……」

タイミング悪く引き戸が開いた。言いたいのはここからだったのに。

「お待たせしました」

店員がビールと前菜を運んできた。新顔だ。目もとが涼しげなほっそりとした男は二十代半ばを過ぎたぐらいだろうか。ぎこちなさが残る手つきで、ビールと料理を並べていく。

「こちらのほうは李さんからのサービスになります」

たどたどしい日本語で言うと、笑顔で胡桃（くるみ）の飴炊（あめだ）きが載った皿をターンテーブルの中央に置いた。

「ありがとう、シンちゃん」

この店員、シンちゃんって言うんだ。色白の青年の頬に浮かぶ片えくぼを見ながら微笑む父に、言い知れぬ嫌悪が走った。

出しゃばりな長女と末っ子が我先にと競うようにして瓶を手にした。ユズ姉が父に、妹は薫に中腰になってビールを注ぐ。残った瓶を持ち、隣の桐子のグラスに注いでやった。それでも桐子は注ぎ返そうともしない。まったく。気が利かないにもほどがある。怒りにまかせて自分のグラスに注いだ。勢いあまって半分にも満たないうちに泡が溢れ出た。

「とりあえずみんな集まったわけだし」

ユズ姉がまた長女面して仕切り始めた。

「乾杯ってことで」

ちょっと待って。どうしてこんなに和やかなムードになるの？　話が全然違うじゃない。非難の視線を向けてもユズ姉も楓子も目もくれない。これって男同士の結婚に「待った」をかける会じゃなかったの？　どうしちゃったの、みんな？　なんでこんな異常な関係を平然と受け入れられるの？

他の五人は高らかにグラスをあげ重ね合わせる。

なにを祝して乾杯するの？　頭おかしいんじゃない？

「よろしくお願いしまぁすぅ」

ほんの数時間前に「トウがたったお兄ちゃんなんていらないし」と気色ばんでいた楓子は

鼻にかかった声で語尾を伸ばしている。隣から薫のグラスが控えめに近づいてきた。無視して、ビールを一気に飲んだ。

「ところで、薫さんって、何型なんですかぁ」

グラスを三分の一ほどあけて、楓子が訊いた。

「血液型、ですか」

唐突すぎる質問に薫の形のいい眉がわずかに動いた。

「O型……ですけど」

「よかったぁ」

声帯のどこをどう震わせれば、こんな甘ったるい声が出せるのか。楓子が上目遣いで薫を見る。

「あのぉ、あたし、B型なんですけど、男のOと女のBって相性がすごくいいんですよ。あ、ちなみに姉妹の中でB型はあたしだけなんです」

なにが血液型だ。合コンでもあるまいし。

「そんな話、今ここでしなくてもいいでしょ」

楓子は胡桃の飴炊きをひとつ摘(つま)んで口に入れる。

「えー、血液型って重要よ。シュー姉のそーゆう気マジメなとこも、もろA型だし。知らないの？　『ゴルゴ13』描いてるさいとう・たかをも血液型を参考にキャラ作ってるっていうし。なんたって薫さんとはこれからきょうだいになるわけだし」

「きょうだい？」

父と薫がほぼ同時に訊き返した。

「だって、お父さん、薫さんを養子として入籍するんでしょ」

楓子はターンテーブルをまわした。ちょっと待ってよ、まだクラゲの酢の物、取ってないのに。あたしのななめ前にあった大皿が父と薫の間で止まった。

「薫さん、どうぞお先に」

薫は楓子がすすめたクラゲの酢の物には目もくれず隣を見た。父は大きな瞳をぐるりと動かしたあと、そういうことだったのかと合点がいったように頷いた。

「すまん。言葉足らずだった。一緒になると言っても、そうじゃないんだ」

「そうじゃないって？」

「どういうことなの？」

あたしに続いてユズ姉が身を乗り出してきた。ビールをひとくち飲んだ父はグラスを置き、こめかみを揉みながら言った。

「籍を入れるつもりなんてないよ。結婚といっても、気持ちの問題なんだ」

薫は十歳のときに母をクモ膜下出血でその翌年に父をガンで亡くしている。唯一の肉親だった祖母も十年前に亡くなり天涯孤独の身だと父は説明した。

「だから、家族に対する思い入れが人一倍強くてね。本当のこと言うと、薫と一緒になるなら、父さんは家を出ようと思っていた。でも……」

傍らの恋人の話を聞いていた薫が口を開いた。

「すべては、僕のわがままなんです。僕は幹夫さんとは違って、若い頃からふつうの結婚はできないと自覚していました」

幹夫さん……。薫が呼ぶ父の名前が生々しく耳に残る。

「家族を持つことも諦めてました。自分はそういう星のもとに生まれたんだから仕方ないかなって。でも、幹夫さんが一緒に暮らしてみないかと言ってくれて。もしも許されるのなら、森戸家で暮らしてみたいと図々しくもお願いしてしまったんです」

薫は傍らの父を見た。父も見つめ返す。甘いアイコンタクト。やめて、娘の前で。

「薫はずっと独りで生きてきて、誰よりも家族を欲しがっていたんだ。同性しか愛せないからといって一生独りでいなきゃいけないって法はないだろ、それに……」

父の弁明が終わらないうちに、ユズ姉が口を挟んできた。

「なんだ、じゃあ、事実婚っていうこと？」

父は頷いた。

「養子縁組する予定もないの？」

ユズ姉が父と薫の顔を交互に見ながら、念を押すように訊いた。

「じゃあ、戸籍上はなにも変わらないってことね？」

「ああ。さっきフー子に言われるまで考えてもみなかった」

「それはあくまでも形式的なことですから」

薫が父の言葉を補足する。

「なんだ、シュー子がお父さんが結婚するっていうから、あたし、てっきり……」

同居ならなんとかごまかせる。遠縁とか適当に言い繕えば、義母や夫にも怪しまれない。なにより自分の遺産の取り分が減ることはないとわかって安心したのか。現金なユズ姉は満面に笑みを浮かべ、ビールを飲んだ。

「えー、あたし的には薫さんがお兄さんになってくれるほうがしっくりくるけど。でも、ま、いっか。正直言っちゃうと、いくらサバけたあたしでも、結婚って言われるとやっぱちょっと抵抗あったんだよね。でも、同居人なら、受け入れられそうな気がする。そうでしょ、キリちゃん」

突然、話をふられた桐子はいつものようにどぎまぎしなかった。大きく首を縦にふった。

桐子、あんたまで……。これじゃ、この男のことをみんなで認めたようなものじゃないの。冗談じゃない。森戸家でこの男といちばん長く顔をつきあわせることになるのは、あたしなのだ。家を切り盛りしながら、父の恋人と生活をすることが、どれだけ苦痛なことなのか。家から逃げ出した姉と妹、家にいても部屋に引きこもりっぱなしの妹にはわかりゃしない。勢いよくせり上がってきた怒りが喉もとで渦巻いている。

左の頰に視線を感じる。薫があたしを見ている。──柊子さんは僕たちのこと認めてくれないんですか──そんな目であたしを見ないでよ。あなたにあたしを責める資格なんてないんだから。知らんふりをして、ターンテーブルをまわした。ユズ姉の前にあった皿を自分の前まで引き寄せ、チャーシューを取り分けていると、父が言った。

「薫もね、ここのチャーシューが大好物なんだ」

薫、薫、薫……。さっきからそればかり。何度その名を口にすれば気がすむわけ？　恋する父は娘の気持ちなんて考える余裕はない。怒りで体が熱い。グラスに半分ほど残っていたビールを一気に飲み干した。

楽屋裏のように殺風景なトイレだった。黄ばんだ壁に貼りついた鏡にやつれた女が映っている。青白い蛍光灯の光のせいか、いつもよりクマが目立つ。あの男よりあたしは若い。呪文のように呟いた。呟いたところであの若々しさにはかなわないことはわかっている。どう見ても、自分のほうがやつれている。

トートバッグの中から色つきリップを取り出して、父親譲りの薄い唇に塗ってみた。悲しいほど変化なし。楓子みたいに上目遣いで微笑んでみる。

なにやってんだろう、あたし。これなんのための笑顔？

髪をほどき、シュシュできつく縛り直し、トイレを出た。

厨房に近いテーブル席で常連客と話していた李さんがこっちを見た。どんぐり眼が笑っている。昔、食事に来たとき、妹たちがぐずると、李さんは同じ目をしてあやしていたっけ。

中華格子の引き戸の中から笑い声が聞こえてくる。なにがそんなに楽しいの？　力いっぱい扉を引いた。みんなの視線は薫に注がれたまま。誰もこっちを見ようとはしない。黙って席についた。

「『コッツウォルズの憂鬱』を薫さんが訳していたとはねぇ。すっごーい身近にこんな有名人がいるなんて、感激だわ」

大好物の酢豚を摘みながら、楓子がさも感心したように言った。まだ、その話してんの？　引っぱるなぁ。薫が訳した『コッツウォルズの憂鬱』の話であたしがトイレに立つ前から盛り上がっていた。

「あれ、ドラマ化されてるでしょ。この前、あたし録画したんですよぉ」

「あら、フーちゃん、まだ見てなかったの？　あの伯爵家のドラマ、面白いわよ。やっぱり本場イギリスだけあって、セットとかコスチュームとかが凝っててすごいの。薫さんも毎週見てらっしゃるの？」

　ユズ姉は身を乗り出し、正面に座る薫に紹興酒を注ぎながら微笑んだ。

「はい。一応……」

「伯爵家のシーンはセットじゃなくて、本物のお城で撮ってるんでしょ。映像だけでもうっとりしちゃうのに、話も、すごくテンポがよくて。英国貴族版の〝渡鬼〟って感じ。次はどうなるんだろって、一度見だすと止まらなくなるんですよ。単行本もすごく売れてますよね。本屋に行くとずらっと平積みになってるもの」

　いつの間に追加注文したんだろう。ビールが運ばれてきている。あたしの気持ちを置いてけぼりにして、和やかな会話が続いていく。

「シューはどうだ？　あの本は読んだだか」

　すっかり顔が赤くなった父がこっちを見る。

「ない」

それだけ言って紹興酒を飲んだ。ほんとは三年前に出版されたときに読んでいた。翻訳臭のないすっきりとした文章だった。原作者のモーリス・ハミルトンは好きな作家で、これまで何冊か読んできたが、翻訳者の名前なんて気にもとめてなかった。ふだん海外ドラマに関心をしめさない父が、あれだけは録画してまで見ていた理由が今わかった。

「薫はハミルトンの訳では定評があるんだ。来年の春には新作が出るんだよ。コッツウォルズシリーズの第二弾でね」

我が事のように誇らしげに父は言う。

「そうなの、すごいわ。まだまだ第一弾もブレイク中なのに。ちなみに、あれって、今どのくらい売れたんですか」

「十五万部くらいです」

「すごい、そんなに？」

ミーハーな姉がマスカラとアイラインで強調した目をしばたたかせる。

「じゃあ印税とかものすごいんでしょ」

「いや、それはやはり原作者に行きますから。翻訳家にまわってくるのは微々たるものです」

「微々たるなんて、またまた。十五万も売れたら、ベストセラーじゃないですか。今度、来るときは本を持ってきて薫さんにサインしてもらわなきゃ。そうだわ、せっかく一緒に暮らすんだもの。キリちゃんも薫さんに翻訳を教えてもらうといいわ」

「あぁ」

「僕なんかが教えなくても、翻訳はセンスですから。キリ子さんはすごく筋がいいって、知り合いの編集者が言ってましたよ。そうだ、いつか翻訳したもの見せてください」

桐子が顔を真っ赤にして俯く。

「はーい、お邪魔しますねぇ」

李さんが料理を運んできた。せわしなく動くどんぐり眼が父に向けられた。

「えらく楽しそうね」

父は笑顔で頷いた。

「おかげさまで」

やはり李さんにはカミングアウト済みなのだ。ふたりは目だけでなにやら会話している。

「はい、じゃあ、八方まあるくおさまる八宝菜と甘ーいコイの甘露煮、ここ置きますよ」

「李さん、うまいっ」

紹興酒がもうまわっているのか。楓子がけらけら笑う。父はみんなのグラスを見まわして、李さんに注文した。

「紹興酒をあと二合、貰おうかな」

「アイアイサー。そうだ、宴もたけなわってとこで、みなさんの写真撮りましょうか」

「えー、いいんですかぁ」

運ばれたばかりの料理を撮っていた楓子がラインストーンでカスタマイズされたスマホを李さんに渡した。

森戸家を代表するかのようにユズ姉が頷く。

「そうね。是非。記念に一枚お願いします」

なにが記念なのか。ユズ姉はいそいそと席を立って、父と薫の後ろにまわる。座ったまま、椅子(いす)を父のほうへ引き寄せながら、楓子がこっちを向いた。

「ほら、キリちゃんも早く、こっち。シューちゃんったら、なにブスッとしてんの？　こっち。来てよ」

大きく見開かれた楓子の瞳が意地悪く光った。

「やだ、薫さんがイケメンだから照れてんの？」

なんであたしが照れなきゃいけないの？

ふざけないでよ！　爆発寸前だった。でも、李さんがスマホを構えて待っている。ここは我慢。もうひとりの自分が全身を駆け巡る怒りを必死で制す。とにかく我慢。父と並んで立つ薫の横に行った。

「じゃあ、撮りますよ。一（イー）、二（アール）、三（サン）〜」

李さんが中国式に掛け声をかけると、あたし以外が一斉に「茄子（チェズ）！」と言った。なんなんなの、このノリのよさ。もう、つきあってらんない。

「じゃあ、次は李さんも一緒に」

「え、いいの？」

「もちろん！」

楓子は李さんからスマホを受け取ると当然のようにこっちに渡してきた。なんであたしが？　でも、満面に笑みを浮かべる李さんを見ているとなにも言えない。

「いいですか、はい」

薫が微笑みを浮かべている。隣に並ぶ父の幸せそうな顔。それを囲む女たちと李さんのニヤけた顔。

二枚目を撮ったところで、薫の澄んだ瞳がこっちに向けられた。

「あの今度は僕が撮りましょうか」

優雅に手を差し出す。——お嬢さん、ダンスでもいかがですか。不覚にも『コッツウォルズの憂鬱』に出てくる美貌の公爵、ステファンを思い出してしまった。たかがスマホを受け取るだけなのに、なんなの、そのすかしたポーズは？　あたしの答えを待たずに、ユズ姉が横から口を出してきた。

「そんな気を遣わないでください。きょうは薫さんが主役なんだから。いいんですよ、妹は。昔から写真嫌いですから。だいたい……」

まあまあ、と李さんが割りこんだ。

「いやぁ、いい写真撮れてよかった、よかった」

上機嫌で李さんが出ていった。席に戻ったユズ姉は何事もなかったようにターンテーブルをまわした。

「どうぞ」

赤絵の皿に載った八宝菜があたしの前を通り過ぎ、隣でぴたりと止まる。薫は父の取り皿に八宝菜を取り分ける。父の苦手な黒きくらげをきちんとのぞいて。

黙ってグラスを傾けた。それはあたしの仕事なんだけど。喉もとまで出かかった言葉を紹興酒で押し戻す。

薫が自分の分を取り分けたところで、ユズ姉がまたターンテーブルをまわした。あたしの大好物の八宝菜は楓子のもとに移動した。手つかずの鯉の甘露煮がまた薫の前で止まる。

「甘露煮好きだろ。もっとたくさん食べなさい」

申し訳程度に飴色の鯉が取り分けられた皿を見て父が薫に優しく微笑みかける。この店に来ると、いつも真っ先にあたしに料理を取り分けてくれていた父はもういない。「いつも世話になってるからな、シューがいちばん先だ」。あの言葉だって、二度と聞けないかもしれない。これからすべてが薫中心でまわっていく。嫌だ、そんなの、耐えられない。

刺すような視線を感じたのか、薫がこっちを見た。あたしの皿が空っぽなのに気づいて、またダンスに誘うかのように手を差し出した。

「取り分けましょうか」

目が微笑みを浮かべている。あたしは、あなたのことなんて一生認めないんだから。しなやかに反った掌(てのひら)に皿を置くかわりに冷たい視線を落とした。

「いえ、結構です」

それだけ言って紹興酒をあおった。甘苦い味が広がっていく。

父はいったいどこへ行ってしまったのか。食事の間中、薫に秋波を送り続けていた姉や妹たちはいつの間にか消えていた。青龍苑の個室に薫とふたりきり。

傍らの薫を見た。どうしてこんな展開になったんだろう。ありえないと思いつつ、心の底ではこの事実をちゃんと受け入れている自分がいる。今思えば、最初からこうなるような予感がしていた。

「僕が悪いんだ。でも、いまだに信じられない。自分が女性に惹かれるなんて。そんな感覚が僕の中にあったなんて」

薫はそう言って、目を伏せた。父を裏切った罪悪感なのか、それとも初めて女に惹かれた戸惑いなのか。長い睫毛がかすかに震えている。

「シュー子さんを見た瞬間、僕の中の眠っている部分がスパークしたんだ」

さっき父も同じようなことを言っていた。あのときは、なんてダサい科白を口にするのかと鼻白んだ。でも、同じ言葉でも自分に向けられると、まるで違って聞こえる。甘く胸がしめつけられる。

きみはどうなの？　薫の潤んだ瞳がそう言っている。なにかがふたりの間で始まろうとしている。

「あたしも、初めて見た瞬間、自分でも戸惑うくらい薫さんに惹かれたんです」。言葉にしたい。なのに、こんなときにも自意識が喉もとを塞いで素直になれない。

薫は目を逸らさない。熱い。視線に温度があるなんて今まで知らなかった。

黙って薫の肩に体を預ける。思っていたより、ずっと固くて大きい。久しく忘れていた男の肌の心地よさ。頬のあたりが熱くなっているのが自分でもわかる。薫のしなやかな腕が背にまわり、強く引き寄せられた。

あ、ダメ。

薫の顔がぐっと近づいてきた。もう、抗えない。このまま……。目を閉じて身を委ねた。

その瞬間、ドアが開いた。

「あんた、いったいどういう神経してんの？」

入ってきたのは李さんだった。顔が茹でダコのように赤いけれど、金色のマオカラーのシャツに変に馴染んでいる。

「どうして、李さんが？」

「おだまり！」

いつもはせわしげに動くどんぐり眼が冷たく光った。

「ったく油断も隙もありゃしないわ。なによ、さっきまで男同士なんて、けがらわしいって顔してたくせに。ちょっと目を離すとこれ？　とうとう本性見せたわね、この性悪女！　あたしのカオちゃんに手を出すと承知しないからね」

ちょっと待って。この人はあなたのものじゃない。言い返す間もなく、大きな体が摑みかかってきた。助けて！　叫ぼうとしても声が出なかった。思わず傍らを見た。薫がいない。

いつの間に消えたの？　内から力が抜けていく。やっぱりあいつは信用ならない男だった。けたたましく非常ベルが鳴った。耳をつんざくような警告音は鳴りやまない。

そこで目が覚めた。

音が鳴り続けている。それが呼び出し音だと気づくまでに数秒かかった。手を伸ばすとベッドの下で堅い感触につきあたった。薄暗い部屋の中で、画面に表示された「桐子」の文字が白く光っている。反射的に着信ボタンをタップした。

「なに？」

頭が割れるように痛い。

「あの……起きたらどうですか？」

ベッドサイドの時計は十時をまわっていた。

しまった、あたしとしたことが。

跳ね起きると、腹の底から不快な塊がせりあがってきた。ヒートテックにタイツ。あたしったら、なんて恰好してんだろ。

ベッドの下で黒いパンツがひしゃげている。椅子の背もたれにかけてあったスウェットのワンピースを頭からかぶった。

昨夜はあたし……。重い頭の中で切れ切れの記憶が駆け巡る。

青龍苑で父から薫を紹介された。あれほど反対していた姉や妹たちがあっという間に打ち解けて、やたらとむしゃくしゃした。桐子の貧乏ゆすり、父と薫、色違いのダウン、宙で熱く絡みあう視線。紹興酒を浴びるように飲んだ。なぜかみんなで集合写真を撮った。シャッターを押したのはあたし。いや、でも隣に薫の気配を感じながらカメラに収まったような気もする。ってことは李さん？　途中トイレに行った。個室に戻ると薫が訳した本の話で盛り上がっていたのは、はっきりと覚えている。そこから先の記憶が途切れている。

いったいあれからどれくらい飲んだのか。そういえば、父が悲しそうな目でこっちを見ていた。

「シューちゃん、薫さんに失礼よ。いい加減にしなさいよ」。ユズ姉は眉根を寄せて睨んでいた。「昔から酒乱なのよ、この人」。「ありえないし」。あの楓子も呆れていた。それってなんでだっけ？　思い出そうとすると、こめかみのあたりが鈍く疼く。「あたしはあんたのことなんて絶対認めないんだから」。薫に食ってかかったような。いや、もっとひどいことを言ったんだろうか。薫は睫毛を伏せていた。長く黒々とした睫毛を見ているとむしょうに腹が立ってきて、まだまだ言い足りないと思った。そのあとは……。真っ黒な穴があいたみたいに記憶が抜け落ちている。なのに、さっきまで見ていたあの夢。冗談じゃない、なんであんな男と。薫のすべすべとした肌の感触だけが生々しく残っている。乱れた髪を手ぐしで整えた。

あれ、シュシュがない。布団をめくると、随分下のほうに押しやられていた。しつこく絡みついている長い毛を抜き取り、きつく髪を縛った。

壁をつたうようにして階段を下りた。足がふらつく。少し動いただけで頭がズキズキする。きょうは……。重い頭の中でゆっくりとカレンダーをめくる。たしか日曜日。このまま部屋に戻ってベッドに突っ伏していられたらどんなに楽か。だけど、父も桐子もあたしがいないとロクに食事もできない。いつどんなときでも家の中のことはあたしに頼りっぱなし。大きく息を吐いてドアを開けた。

「おはようございます」

聞き覚えのあるバリトンボイスが頭に響く。

これは夢の続きなのか。

ダイニングテーブルの、キッチンにいちばん近い席、あたしの定位置に薫が座っている。咄嗟(とっさ)に目ヤニがついてないか目の縁を探った。部屋には淡く穏やかな光が射しこんでいる。自然光に照らされた薫の小麦色の肌は憎たらしいほど艶やかだった。こっちは二日酔いで浅黒くむくんでいるに違いない。

ひとり暮らしのマンションに帰ったとばかり思っていた楓子が薫の向かいに座っている。

手にはマグカップ。あたしがドアを開ける前までの会話の名残なのか。妹の口もとには微笑みが残っていた。

「やっと起きてきた。きょうは朝からフルメイクだ。あんまり遅いんでキリちゃんに起こしてってあたしが言ったのよ」

桐子は所在なげにソファーでみかんを揉んでいる。

「なんでここにいるの？」

声がとがった。どうして我が物顔で森戸家の食卓に座ってるのか。何様のつもり？　肝心の男は申し訳なさそうに長い睫毛を伏せた。かわりに楓子がこっちを睨む。

「やーね。どうしたもこうしたも、昨夜、まだ話ついてないから家に来いって薫さん引っ張ってきたの、シュー姉じゃない」

嘘だ。あたしがそんなことするはずない。父の結婚相手として認めてもいない男に、この家の敷居をまたがせるなんて、絶対にありえない。こっちが酔っぱらっていたのをいいことに楓子がカマをかけているに違いない。でも……。確かな証拠を引き出そうとしても、昨夜の記憶は抜け落ちたまま。頭がますます重くなるばかりだった。

「覚えてないの？　マジで？　てか、シュー姉、へべれけだったもんねぇ。シュー姉みたいな澄ましたタイプって、酔うと人格変わるっていうけど、あそこまでの酒乱だったなんてあたし、知らなかった。ユズ姉も呆れてたよ。だいたいさ、薫さんにチョー失礼だし」

楓子は目を見開いて、ねぇと甘えた声で目の前の薫に語りかける。なにが「ねぇ」だ。男しか好きにならない相手にどうしてこうも媚びるのか。

「いや、僕は別に」

薫は昨夜と同じ黒いVネックセーターを着ている。首筋から鎖骨にかけての滑らかな小麦色の肌。……ダメだ。夢の感触がまだ残っている。まったく、人の夢に勝手に出てきてどういうつもり？　面と向かって口にできない怒りを呑みこむと、余計に気分が悪くなった。

「すごく酔ってたから。あのまま失礼するのもどうかと思って。せっかくだから、きょう、少しお話しできたらなと」

薫はマグカップをいとおしむように両手で包んだ。細長く艶やかな指。……ちょっと待った。視線が止まった。どうしてあんたがそれを？　釣竿片手に思索に耽るムーミンパパが描かれたマグカップは去年の父の日にあたしがプレゼントしたものだ。薫にこれを使えと言ったのは……。

「お父さんは？」

薫と楓子じゃラチがあかない。ソファーに座る桐子に訊いた。

「買い物」

体育座りはいつもと同じ。でも、きょうの桐子はジャージを着ていなかった。黒いニットにジーンズ。おかげで襟ぐりがよれよれのあたしのスウェットワンピースがやけにみすぼらしく見える。そもそもなんで桐子がここにいるのか。義兄や姪っ子が来ても部屋にこもりっぱなしのくせして。ダイニングチェアとソファー、どっちにも座りかねていると、薫がこっちを見た。

「シュー子さん、お食事――」

薫は立ち上がりキッチンにまわった。昨夜、初めて家に来たくせに、勝手知ったる我が家のようにガス台に立ち、鍋の中のものを温め始めた。

「ちょっと……」

苛立ちを含んだ自分の声が頭に響く。勝手にそこに立ち入らないで！　そこは聖域よ。そう言おうとしたのに楓子の甘ったるい声が遮った。

「とりあえず、そこ座ったら？」

薫の隣の席を顎で指す。家を出た妹にそんな指図、受ける謂れはない。黙って自分の定位置に座った。

「そこ、薫さんが座ってたとこでしょ」

咎めるように楓子が言う。

「誰が座ろうと、ここは昔からあたしの席だから」

ムーミンパパのマグカップを楓子の隣に音を立てて置いた。背中に薫の視線を感じる。

「やーね、席ぐらい、どこでもいいじゃん。三十七にもなって子供みたい」

「だからロク。三十六だって」

言われなくても、大人げないことぐらいわかっている。でも、大人のあたしをここまで苛立たせる相手が悪いのだ。

「てか、シュー姉がいつまでも起きないから、薫さんが朝ごはん作ってくれたんじゃん」

「別に誰もなんにも頼んでやしないわ。あたしが起きないなら、あんたが作ればいいじゃないの？」

「なんで？　この家の主婦はシュー姉でしょ。いっつも仕切ってるくせに、こういうときだけ人に頼らないでよ。ごはん作ってくれたのは、薫さんの好意なのよ。なのに……」

楓子が唇をとがらせているとキッチンから薫が割りこんできた。

「すみません、勝手に。幹夫さんやフー子さんに許してもらったので」

ただでさえ気分が悪いのだ。こうして慇懃無礼に頭を下げられると、二日酔いとは別の不快な塊がこみ上げてくる。

昨日、姉妹会議のとき、ユズ姉が言っていた。「キッチンは主婦の城でしょ」。そうだ。この二畳にも満たない空間は誰にも侵されないあたしの領域なのだ。あの女が家を出てから十四年。その場所で、あたしがどれだけ涙を流してきたと思ってんの？　母への恨み、別れた男への怒り、仕事のストレス……やりきれない思いをすべて洗い流して、そのたびにピカピカに磨きあげてきたのに。

鍋のものをお椀によそっている薫と目があった。ありったけの憎悪をこめて睨みつけてやった。この無神経男！　その鍋もお玉もお椀もすべてあたしが選んだよ。長年守り続けてきたあたしの牙城に土足で踏みこむな。心のどこかで、もう少し繊細な神経の持ち主かと思っていたあたしがバカだった。デリカシーのデの字もない。そんなんで、お父さんの妻役が務まるとでも思ってんの？

頭が痛い。むかつきもおさまらない。それでも薫から目を逸らさない。こっちの睨みに恐れをなしたのか。薫は長い睫毛を伏せた。またこれだ。自分の立場が危うくなると、そのきれいな伏し目を見せる。そうすれば、敵はなにも言えなくなるとでも思ってんのか。なんて不遜なヤツ。

顔のいい男はこれだから嫌だ。

「てか、薫さんのごはん、チョー美味しかった。主婦力いや、女子力か。高すぎ！　ねぇ、キリちゃん」

自分が褒められているわけでもないのに桐子が頬を赤らめ下を向く。半引きこもりの妹の足もとが目に入った。なんできょうは靴下履いてんの？

「あの、これ」

背後から小麦色の滑らかな手が伸びてきてあたしの前に朝食を置いた。

「お口にあうかどうかわかりませんが、二日酔いのときはなにかお腹に入れたほうがいいんで」

朝の光がとろろ昆布のすまし汁の湯気を目立たせる。卵焼き、ホウレンソウのおひたし。薫が人の大事なキッチンを引っ掻き回して作った朝食は嫌味なくらい和食だった。この男、お父さんからなにか聞いているのか。シリアルにスクランブルエッグにサラダに紅茶。毎朝、あたしが用意する朝食に対抗しているとしか思えない。

食欲なんてあるはずもなかった。むかつきは少しもおさまらない。それでも意地はあった。この男の作る料理なんて、どうせたいしたことない。「チョー美味しい」なんて言うヤツは味オンチの楓子ぐらいだ。キツネ色の焼きめがついた卵焼きを三分の一だけ口にいれた。

この味……。食べなきゃよかった。

胸の奥底がざくりと抉られていく。

「ね、美味しいでしょ」

無邪気にそう言える楓子の気が知れない。黙って顔をあげるとソファーからこっちの様子をうかがっていた桐子がさっと視線を逸らした。薫はそっと楓子の隣に腰を下ろす。なんで勝手に座るのか。たった一日泊まっただけで、もう我が家のつもりか。

「この味、誰が教えたんですか」

語尾が怒りで震える。

よりによってなんでこの味を？

だしをよく利かせた甘い味付けは、あの女と同じだった。この家を捨てた女の味が嫌で、卵焼きを作るときは砂糖もみりんも使わず、ずっときっぱりした味付けをしてきた。父はそれで満足しているとばかり思っていた。あの女が家を出て十四年も経っているというのに。あたしじゃなくて、あの女の。あたしが封印した味を恋人にリクエストしていたなんて、信じられない。

薫の視線が宙を泳ぐ。「幹夫さんです」と答えれば、目の前の女は怒り狂うと用心しているのか、質問に答えようとしない。卵焼きの脇に添えてある大根おろしを口にした。絶不調の体に怒りが駆け巡る。これみよがしに大きなため息を吐いて、箸を置いた。

「いくらお父さんがいいって言ったからって、キッチンはあたしの領域です。勝手にいじりまわさないで。それにこの味……」

オリジナルは誰か知ってる？　それを聞けば嫉妬など無縁のように澄ましている薫も少し

はかき乱されるだろうか。

「やーね、シュー姉ったら小姑根性まるだし。てか、行き遅れの小姑ってほんとタチ悪いよねぇ」

昨日は小姑根性を発揮して薫なんて「イジメ倒してやれ」とあたしをけしかけていた楓子が非難がましく言った。

「別にさぁ、キッチンくらい使ったっていいじゃん、減るもんじゃあるまいし。薫さん、家事するの嫌いじゃないんだって。シュー姉もさ、分担してくれる人ができたら楽じゃない？てか、少し余裕ができたら、婚活とかしたら？　そういや、さっきお父さんとキリちゃんとで話してたんだけど、せっかくなら、早めにこの家に来てもらおうかって」

なにもかもが決定事項のように言う。なんなの、いったい。ふざけてんの？　人がいない間に、なんの権利があって……。

「どういうことよ、それ」

「まんま、言った通りだって」

楓子が大袈裟(おおげさ)に息を吐く。

「だからぁ、もう顔合わせもすんだし。別に式とか挙げるわけでもないんだし。手続き的なこともしないんだから。薫さんもこの家に馴染んでくれたみたいだしぃ、あたしも早く家族になりたいしぃ……」

楓子は昔から気分屋で言うことがコロコロ変わる女だった。だけど、ここまでひどいとは。

もはや話す気も起きない。

ソファーの上で膝を抱えている桐子を見た。

「キリ子、あんたはどうなの？ この家を出ていった人たちは勝手なこと言うけど、ここで暮らしてるのは、あたしたちなの」

「ちょっと。出ていったって誰のことよ。変なこと言わないでよ。あたしはただ仕事の都合で部屋を借りてるだけなんだから」

楓子が甲高い声で吠(ほ)えている。

「キリ子、いい？ あんた、赤の他人と同じ屋根の下で暮らせるの？」

薫が形のいい唇をそっと嚙んだのを確かめてから桐子にもう一度訊いた。

「今さら新しい家族なんて言われて、あんたはそれでいいの？」

わずかな間があった。桐子は俯いたまま、蚊の鳴くような声で答えた。

「別に……」

冗談じゃない、この家の主婦はあたしなのよ。あたしを差し置いて、そんなこと。絶対に許さない。ここでガツンと言わなきゃと思うのに、むかつきが言葉の通路を塞いでいる。

「ただいま」

ドアが開いた。コンビニの袋を提げた父が肩をすぼめて入ってきた。

「きょうは外冷えるなぁ。おー、シュー、ようやく起きたか」

袋からアクエリアスを取ると、こっちに差し出してきた。

お父さん……。

「ほらっ」

父はペットボトルをもう一度差し出す。

「二日酔いのときは、おまえ、コレがイチバンだろう」

どうしてこんな男を家に呼び入れるの？　いつからそんな身勝手な父親になったの？

どうしようもなく不快な塊がせり上がってくる。

お父さん、男を好きになったくせにどうしてあの女の味をいまだに引きずってるの？　あたしはあなたがなにを考えているのかわからない。ついこの間まで、誰よりもわかりあえていると思ったのに。

「この部屋、あったかいな」

父は満足そうに頷いた。薫は物馴れた手つきで父の脱いだダウンを受け取っている。お、ありがとう。父が薫に笑顔を向ける。妹たちが目を細めてふたりを見ている。まるで本当の家族みたいに。

やめて！

この男の出現であたしがこれまで築き上げたものが音を立てて崩れていく。たった一日でなにもかもが大きく変わってしまった。受け取ったアクエリアスが手から滑り落ちた。床の上でぼとっと重い音がする。

ああ、嫌。もうなにもかも嫌。諸悪の根源はこの卵焼き！　こんなもの、見たくもない。

「シュー姉！」

楓子の叫び声と食器が割れる音が頭に響く。気がつくと、テーブルの上の食器を払いのけていた。床にべちゃっと卵焼きが散らばった。あたしが父にあげたムーミンパパのマグカップがくだけている。

「なにしてんのよ」

いいでしょ、なにやってもここはあたしの場所。あたしが守ってきた家なんだから。

「シュー、おまえ――」

父が悲しそうに言った。

やめて。お願いだから、そんな憐れむような目で見ないで。不快な塊が一気にこみ上げてきた。ガタンと椅子が倒れた。踏み出した瞬間、ぐにゃりとした卵焼きの感触があった。

「危ないって」

痛い。左足の裏に鋭い痛みが走る。小さな破片が刺さった。でも前に進まずにはいられない。左足を引きずりながら、トイレに駆けこんだ。便器に顔をうずめると、吐瀉物より先に大粒の涙がぽたりと落ちた。

第二章　桐子の不満

4

どうしてしまったのだろう、私は。キンバリーはカップがのったソーサーを艶やかなマホガニーのコーヒーテーブルにそっと戻した。白い指先がわずかに震えている。

「キミー、きょうは随分おとなしいのね。具合でも悪いの？」

マーガレット叔母が顔をのぞきこんできた。姉となにやら囁きあっていたステファンの鳶色の瞳がこちらに向けられた。

「いいえ、なんでもなくってよ」

それだけ言うのが精一杯だった。

キンバリーは心の奥底から湧き水のように染み出てくる感情に戸惑っていた。

――ステファン様。

胸の中で切ない恋が花開く

桐子は『コッツウォルズの憂鬱』を閉じ、堆く積み上げられたＢＬ小説とコミックの山の上に置いた。

加湿器がポコポコ音を立てている。四畳半の部屋はファンヒーターと加湿器が利きすぎて生暖かかった。

読書灯の灯りだけでは少し暗くなってきた。午前中までは晴れていたみたいだけど、グレーの遮光カーテンの隙間から入る光が翳っている。風がカタカタと窓を鳴らす。きょうも外は寒そうだ。

窓の下には、お隣の佐々木さんご自慢の庭が広がっている。そろそろ寒椿が咲き始める頃だ。でも、この遮光カーテンを開けることはめったにない。

半畳分のホットカーペットから立ち上がって背にしていたベッドにダイブした。湿り気の分だけ重くなった布団にもぐりこむ。横向きになって、エビみたいに縮こまって膝を曲げる。

iPod、耳栓、アイマスク、ティッシュ、ペットボトルに食べかけのポテチ、みかん、高校生のときから着ているジャージにひしゃげたパーカー。必要なものは枕もとにすべてある。ここが世界でいちばん落ち着く場所だった。

しばらく布団をかぶったまま目を閉じていた。でも、繭の中にこもっているカイコのような気分にはなれない。

瞼の奥のほうで、ほの赤い光が蠢いている。さっき読んだばかりのフレーズを頭の中でリフレインする。

ステファン様。

胸の中で切ない恋が花開く。

やっぱりプロは言葉の選び方が違う。原書とこの箇所を読み比べたとき唸ってしまった。

Oh Stephen, Stephen,

a puppy love begins.

自分だったら、「淡い恋が始まった」と訳すところだ。やだ、やだ。我ながら陳腐な訳。でも、薫さんは違う。「胸の中で切ない恋が花開く」だって。すごい。女子の気持ちがこんなにわかるなんて。

「桐子さんはすごく筋がいいって、知り合いの編集者が言ってましたよ。そうだ、いつか翻訳したもの見せてください」

一週間前、青龍苑で薫さんが言ってくれた。

お世辞に決まっている。とても気を遣う人だから、なんの取り柄もないあたしを立ててくれただけ。あたしの訳なんて見せられたものじゃない。全然かなわない。いや、比べるほうが間違ってる。どうすればこんな伸びやかな日本語に置き換えられるのか、あたしには逆立ちしたってムリ。

今のあたしの気持ちも、姉のフィアンセのステファンをひそかに慕う伯爵令嬢キンバリーと同じだ。違うのは相手が姉ではなく父のフィアンセだということ。

――薫様。

胸の中で切ない恋が花開く。

下に行って、リビングのドアを開けさえすれば、あの人に会える。

だけど、万が一、目があったりしたらどうすんだよ？　きっと、その場で固まってしまう。

「キリちゃん、どーしたの？　どんよりしちゃって？　すっごいネガ顔」。午前中にやってきて、ずっと薫さんにつきまとっている楓子にそう言われるのがオチだ。こんな「ネガ顔」を薫さんに見られるくらいなら、死んだほうがマシ。そう言い聞かせてみるのに、やっぱりあの笑顔を見たい。抑えきれない塊がぐるぐる体の中を巡る。「恋」と「変」って字も似てるけど、気分も似てる。このところずっとあたしは「変」だ。なんだか自分が自分でなくなったみたいで落ち着かない。

これまでめったに実家に寄りつかなかったくせに、楓子ときたらこの一週間で三度も顔を出している。薫さんともLINEで連絡を取り合っているとかで、スケジュールまで把握している。薫さんは男にしか興味がないと知っているくせに、「近所の目もあることだし、世間的には薫さんはあたしのフィアンセってことにすれば?」なんてケタケタ笑ったりする。なんだ、あいつ? すっごいムカつく。

ヤバい。これって嫉妬ってやつだろうか。

三ヶ月前——群馬かどっかで竜巻注意報が出た日、飯田橋の出版社に打ち合わせに行った。帰りに永田町で乗り換えて、長いエスカレーターを降りていたら、のぼってくる楓子とすれ違った。ちょいワル——もはや死語——に近い言葉が似合う髭面(ひげづら)のオヤジと腕を組んでいた。肩にかけたブランドの大きな紙袋はその男からのプレゼントだろうか。すごく浮かれていて、あたしのことなんて目の端にも入っていなかった。

ちゃんと男がいるのにどうして薫さんにあんなに愛嬌をふりまけるのか。同じ親から生まれて三十年近く同じ家に住み、同じものを食べ、ときどきお揃いの服まで着ていたけど、なにを考えてんのか、さっぱりわからない。

膝を曲げたまま体の向きを変えた。

ユズ姉と楓子は母親似でシュー姉は父親似。いじけたこけしみたいなあたしは他の三人とは少しも似てない。「キリちゃんはお祖父ちゃんを捨てたお祖母(ばあ)ちゃんとそっくりなんだって。ま、性格は陰気なキリちゃんと違って派手だったみたいだけどね」。どこで仕入れてきたのやら、昔、楓子にそう言われたことがある。祖母の写真なんて家には一枚も残ってないし、生き別れになった父にも訊けない。そういえば、脳梗塞で倒れた直後の祖父に「元気だったのか？」と突然手を握られたことがある。あれって、あたしを祖母と間違えてたってこと？　本当のところはわからない。とにかくあたしは昔から存在感ゼロ。目立ちたがり屋の楓子のせいで三女のくせにミソっかす感ハンパなかった。いくつのときだっけ。たしか小学生になる前だった。

「娘さんが三人もいると賑やかでいいよね」

父のところにやってきた同僚が大きな声で話していた。

「四人だよ」

父が訂正すると、その同僚は言った。

「あれ、そうだっけ？　ユズちゃんとシューちゃんとフーちゃんとあとは――」

キリちゃんでしょ。廊下で聞き耳を立てていたあたしは心の中で呟いたけど、その同僚は最後まで思い出せなかった。さわむらたけし。四歳のクリスマスに絵本をくれたそいつの名前をあたしはちゃんと覚えてたのに。

愛嬌と上目遣いだけで世の中を渡ってきた楓子が同じ中学に入学してきたときも悲惨だっ

た。同級生にうんざりするほど同じことを訊かれた。

「あの森戸楓子ってほんとの妹？」

地味で暗いふたつ上の姉の存在がよっぽど嫌だったとみえて、学校ですれ違うと、楓子はいつも知らん顔をしていた。

胸のあたりでモヤモヤしている空気を吐き出した。

あたしの表情筋はいつだって不器用だ。「キリちゃんの無表情はお祖父ちゃん譲りね。あの人、お父さんに輪をかけてなにを考えてるかわからないもの」母はよく言ってたけど、あたしのは血筋っていうより環境。感情の起伏の激しいふたりの姉と妹にはさまれて育ったからだ。

女を三つ書くと「姦しい」になるけれど、あたし以外の三人は本当に姦しかった。腹が立ったり、傷ついたりすると、いつもあたしより先に感情を爆発させた。ユズ姉はすぐ大声を出してキレたし、シュー姉はすごい勢いで攻撃を始めた。楓子は楓子で大粒の涙をぼろぼろ落とした。

あたしにだって感情の波はある。たまには我慢できないときだって……。でも、姉や妹と同じような態度に出れば、母が怒り出した。

「もうキリちゃんまで、いい加減にしてよ。あんたは大人しいのだけが取り柄なんだから」

いつもは「もっと子供らしくのびのびとしなさい」とけしかけるくせに、感情を出したら出したでキレられる。矛盾だらけの母にふり回されるぐらいなら我慢しているほうがマシ。そう思って、感情を抑えこんでいくうちに、それが習い性になっていた。訳のわからないモヤモヤが渦巻いても、恥ずかしくてたまらなくっても、うまく表に出せない。ひたすらネガティブな空気をふりまいてしまう。ネガ顔は一日にしてならず。

布団の中で膝を抱えた。

楓子と一緒に使っていた隣の八畳から、納戸がわりにしていたこの部屋に移って十三年。ひとりでこうして布団にくるまっているのがいちばん楽だ。よっぽどのことがない限りここを出ないようにしてきた。

ユズ姉たちが「半引きこもり」と陰で言っているのは知っている。

「あの子ももう三十過ぎてんだから、なんとかしないとね」

そりゃ自分でもなんとかしようと思うよ。でも、体が言うことをきかない。はっきりとした理由がわかるなら、とっくの昔になんとかしてますって。

ずっと部屋に引きこもっていたら、他人の視線が怖くなってきた。人ごみで、電車の中で、みっともない自分を見られているんじゃないかと思うと、息が詰まってきて、心臓がバクバクしてくる。

たまに外出しなきゃいけない日の前の夜なんて大変だ。もしも寝坊して時間に遅れたらどうしよう。日にち間違えてないっけ。待ち合わせ場所、勘違いしてないよね。そんなこんなで、たまんなくなって手帳を開いて確認したりする。とにかく寝坊しないようにしようとベッドに入るけど、不安で眠れない。眠れないから、早く起き出して三十分以上も前に待ち合わせ場所に到着したりする。相手がやってきてもずっとテンパったまま。用事が終わる頃にはくたくたになる。そのたびに、もう二度と他人には会いたくないと思う。

だけど、薫さんを前にすると違う。

新聞社の出版部で担当の編集の人に紹介されたときから不思議な感じがしていた。顔がカーッとなったけれど、不安ではなかった。なんだか、ふわふわ体が浮いたみたいになって熱っぽかった。

大学の頃、一ヶ月半だけつきあった小野寺蒼汰（オノデラソウタ）にはこんな感情、持ったことなかった。そもそも、あの人とはネットでチャットばっかりしてたから、リアルな思い出が少なすぎる。これが恋なのかな、恋なんだよね——柄にもなく乙女な科白を自分に言い聞かせてみても、気持ちがついていかなかった。できれば処女を捨てたかったのに、そこまで辿（たど）りつくことなくフェイドアウトしていった。

ベッドの下に手を伸ばしスマホを取った。ホットカーペットの熱を吸って温かい。

横向きになって、ピクチャーをタップする。みんなで青龍苑で撮った写真が出てきた。「西園寺薫さま☆with森戸家」ってタイトルで楓子がＬＩＮＥで送ってきたものだ。

父の隣に座る薫の顔を人差し指と中指で押し広げる。ヤバい。眩しい笑顔が画面いっぱいに引き伸ばされた。

長い睫毛に縁取られた瞳をじっと見つめた。形も大きさもまるで違うけど、眼差しがあの人に似ている。優しくて、でも、寂しげで、どこまでも澄んでいる。心の奥底に深い湖を持っているみたいな、そんな輝き。

母と駆け落ちした家庭教師の山下哲平の顔が重なる。哲平さん……。ちょっと待って。ぐんぐん浮上してきちゃったよ。ずっと心の底に沈めていたのに。

あたしが半引きこもりになってしまったのは、母が十三も年下の男と駆け落ちしたからだと、家族の誰もが思っている。大学受験勝負の夏を前にナーバスになっていたときだ。フツーみんな、そう思うだろう。

でも、実際のところ、母が家を出ていったことは、たいしてショックじゃなかった。ユズ姉やシュー姉みたいに「あんな女、こっちから縁を切ってやる」とキーキー言うこともなかったし、楓子みたいに「あたしたちはママに捨てられた」とわめきもしなかった。怒り狂うってことはどこかであの人を信じていたからだ。あたしは、そこまで信用してなかったのかもしれない。あの人は育児や家事を放棄したことはなかったけど、ずっと森戸家の主婦であることに退屈していた。自分の中の女を持て余しているようなところがあったから、いつかこんな日が来るような気がしていた。

そんなことよりあたしの心を抉ったのは、母の相手が哲平さんだったことだ。最初から二〇〇パーセント片思いだとわかっていた。あたしなんて地味で暗くて存在感ゼロ、っていうよりマイナス。ちっとも魅力的じゃない。気持ちを受け止めてもらえるのなんて夢のまた夢。デートしたいとか、手を握りたいとかそんな大それたことは考えもしなかった。そばにいて、ただその存在を感じられるだけで幸せ。週に二回、火曜と木曜の夕方に会えるのをただただ楽しみにしていた。

あの頃から他人と接するのは大の苦手だった。赤面、ぎくしゃくした動き、瞬間性失語症、貧乏ゆすり……。日増しに殻が厚くなっていくのが自分でもわかった。同級生たちはいつもあたしをあざ笑った。中学で男子と口をきいた記憶はほとんどない。第一志望の都立に落ちて、仕方なく行ったカトリック系の女子高でもクラスの半分以上と口をきかないまま卒業した。今、同窓会があったら、クラスのみんなは言うに違いない。「モリトキリコ？　誰それ？」

そんなあたしでも哲平さんといるときだけは違った。あの湖みたいな瞳で見つめられると、すーっと気持ちが落ち着いた。この人もあたしと同じやるせなさを持っている、生まれてきてごめんなさい的な悲しさも。多くを語らなくても、この人ならわかってもらえる。そんな気がした。

「英語はいいよ。新しい言語を習得すると、新しい人間として、やり直せるような気がするから」

その言葉を聞いて、哲平さんの母校を受験しようと思った。

母はあたしが哲平さんを好きなのを知っていたのだろうか。知っていたような気がする。でも、かわいくもなく、愛想も色気もないあたしを母は「女」として見てなかった。喋ることが苦手なあたしはいつだって都合のいい「聞き役」。

「もしも人生をやり直せるとしたら、お母さんは二十歳から始めたい。次は死んでもお父さんなんか選ばない」

「女の人生は男選びで決まるの。あたしは大失敗」

ぼやきばかり聞かされた。

「哲平さんって、本当にステキね。今どき珍しい好青年ね」

ぼやきが少なくなってきた頃、母の化粧は濃くなった。「女ばかり四人も産んじゃったけど、ほんとはあんな息子が欲しかったの」

嘘つき。息子には絶対に向けない潤んだ熱っぽい瞳で哲平さんを見ていたくせに。

哲平さんだって母のことが気になっていた。実の母に早くに死なれ、年の若い継母と打ち解けられなかった人だ。それまで家庭では得られなかった安らぎを年上の女に求めていたんだろう。実年齢よりずっと華やいで見える母と大人びた哲平さんが並んでいても違和感がなかった。

でも、だからって、さよならも言わずに突然、目の前から消えるか？　ひどすぎる。全国模試で偏差値が上がっていくのを誰よりも喜んでくれ、実の姉妹よりもずっと親身になってくれたのに。女として好かれているなんて夢にも思わなかった。でも、肉親のように気にかけてくれている、そんな気がしていた。結局、全部、妄想だったんだけどね。十七歳のひそやかな大失恋。なにもかもやる気をなくしてしまった。

仰向けになってスマホをかざした。

笑顔の薫さんと目があった。

なんて素敵なんだろう。

胸の奥のほう、長らく使ってなかった筋肉がきゅっとなる。

学習能力ゼロ。なんであたしは親の恋人にばかり惹かれてしまうんだろう。哲平さんの件で、じゅうぶん懲りたはずなのに、今度は父の恋人。

十一月二十三日、勤労感謝の日には薫さんがこの家に越してくる。

心の底でどう思っているのかは知らないけれど、「籍を入れないなら」という条件つきで、ユズ姉も楓子も賛成した。

あたしも、それでいいと思う。

「BL好きのキリちゃんは、もちろん賛成だよねぇ」

楓子は言った。勝手に代弁すんなって。

現実はそんなにシンプルじゃない。そりゃBLの世界は好きだけど、あくまでファンタジーとしてだったのだと、父と薫さんのことを知って気がついた。リアルに自分の肉親がそうだと思うと、かなり引く。

子供の頃、父にベタベタと甘えた記憶はほとんどない。シュー姉や楓子は「パパ、パパ」といつもまとわりついていた。肩車してもらったりお馬さんになってもらったり。そういえば、あのふたりはよく「パパの木だぁ」って、両手を枝みたいに広げた父にぶら下がったり、よじ登ったりしていた。あたしもやってみたかった。でも、できなかった。いくらおっきなパパでも三人もぶら下がると重いに決まってる。なんかそういうの照れるし。日曜日、縁側で祖父と父が将棋を指しているときにそばで絵本を読むのが精一杯。祖父も父もひと言も喋らなかった。パチンパチンと将棋を指す音だけが聞こえていた。自分からめったに行動を起こさないという点じゃ、祖父や父もあたしと似ているのかもしれない。

受け身のはずの父は薫さんとの同居には、人が変わったみたいに積極的だ。二年前にチャンチャンコのかわりに赤いニットを着て還暦のお祝いをしたジジイが二十二も年の離れたとびきりきれいな薫さんにメロメロになっているなんて鳥肌ものだ。

目配せしたり、微笑みあったり。父と薫さんが恋人然としているのを間近で見ると胸のあたりがざわざわする。嫌悪と嫉妬が入り混じって吐きそうにもなる。でも受け入れなきゃ。父が、いや、薫さんがそれを望むなら。

薫さんは仕事部屋も兼ねて、父が使っている部屋の隣の和室——昔の祖父の部屋——を使うことになった。引っ越しと言っても、業者を雇うほどのものじゃない。八畳におさまりきらない蔵書はトランクルームに預けることにしたから、荷物は当面の仕事に必要な資料とわずかな身のまわりの品くらいだと、この前、薫さんが話していた。あたしにじゃなくて楓子にだけど。

今頃は、下で和室の整理をしているはずだ。隣では楓子がいそいそと手伝いをしているに違いない。あたしだって薫さんにぴったりくっついていたい。もうちょっと親しくなりたい。だけど、このままがいいような気もする。ずっとこの距離感でひとつ屋根の下で、同じ空気を吸えたら、それだけでじゅうぶんだ。

父の恋人、男しか愛せない男。どう考えてもかないっこない一方通行の思い。でも、だからずっと思っていられる。かなわないからこそ、この気持ちは永遠だ。

「シュー姉、薫さんがひと息入れるって。お茶しよ～」

楓子が階段の下から呼んでいる。

「キリちゃーんも早くぅ。おいでってば～」

あたしたちきょうだいの前では絶対に出さないチョコレートを溶かしたみたいに甘い声。いつもならげんなりするけど、きょうはこの呼び出しがありがたい。これで堂々と下に行ける口実ができた。

仰向けになった。フンっと腹筋だけで体を起こした。手グシで髪を整えていたら、トントンと音がした、と思ったら、いきなりドアが開いた。

勝手に人の部屋、のぞかないでよ。抗議のつもりでじっと見つめる。

効果なし。

パジャマの上に毛羽立ったパーカーをはおったシュー姉は瞬きひとつしない。出た、得意のニラミ芸。通販で買ったおニューのニットを値踏みしてる。ジャージだと文句言うくせに違う服を着たら着たで、気に食わないらしい。こういう矛盾、どうにかしてほしいんですけど。とにかくあたし、ジャージストは卒業するって、ひそかに決めたから。

「なにしてんの?」

「別に」

ひさびさにシュー姉の顔を間近で見た。この人、こんな顔してたっけ? 髪も眉毛もボサボサ。目の下のクマもくっきりでいつもより三、四歳は老けて見える。

母が家を出てからずっと学級委員のようにテキパキ家を仕切っていたシュー姉は薫さんが出現してすっかり変わってしまった。顔合わせの翌日、テーブルの朝ごはんをひっくり返してから、ロクに口をきこうとしない。同居に「絶対反対!」の姿勢を崩さずあたし以上のネガ顔で暮らしている。

平日は仕事から帰ってくると、スーパーの惣菜(そうざい)や弁当をテーブルの上に置く。父が居合わせても睨みつけるだけ。すぐ自分の部屋に直行し、夜遅くに洗い物と洗濯をする。休みは休みで、部屋にこもりっぱなし。

「まさか下に行くつもり?」

「あぁ」

「なんで? あんたいつからあの男の味方になったの? あの男がこの家を引っ掻き回しても、なんとも思わないわけ?」

がなりたてなくたって聞こえてますって。

「どうして黙ってんの？　あんた、それでいいの？」

敵か味方か、黒か白か。シュー姉はいつも二択で答えを迫るけど、曖昧にしか物を考えられない人間だっているんです。あたしにはシンドいっす。

「別に」

「なにが別に、なのよ？」

語気が荒くなってきた。

「なにがって……」

シュー姉は「やってらんない」って顔で首を横に振った。

「いいわ、もう。お父さんに伝えといて。あたし、あの男と同じ家に住むなんて耐えらんないから。それでもお父さんがあの男を呼び入れるっていうんなら、この家出ていきますからって」

「あぁ」

「もう、あぁじゃないでしょ」

シュー姉は踵を返した。

向かいの部屋のドアがバタンと大きな音を立てて閉まった。

ノブにかけてある、小さなクマが揺れている。こいつ、パディントンだったっけ？　トレードマークの青いダッフルコートが色褪せている。二十五年……、あれ、もっと前だっけ。父がイギリスに出張したとき買ってきた。「お父さんったら、まったく同じクマ四匹も」まだ家にいた母が呆れ顔で言った。「クマは匹じゃなくて頭って数えるんだってば」揚げ足取りのシュー姉が言った。「さすがシュー子だ。よく知ってる。しかし幹夫も芸がないな」元気だった祖父も笑っていた。ところで、あたしのクマはどこへ行った？

長年宙吊りにされた、くたびれきったクマを見ていると、なぜかヨチヨチ歩きの頃の楓子が浮かんできた。母によく似た末っ子に父はメロメロだった。めったに感情を口にしないのに「かわいい」「この子は母さん似だ。きっと美人になるぞ」と目尻を下げてあやしていた。

今みたいに生意気じゃなかった小さな楓子は、たしかにかわいかった。動くお人形みたいで、あたしも柔らかなほっぺをつついたりした。

だけど、あの頃からお父さん命！　だったシュー姉は楓子の存在が我慢ならなかった。家族でテレビを見ていると、画面の前で両手を広げて通せん坊のポーズをしたり、出かける直前に突然地団太を踏んで「行きたくない」と泣き出したり。「どうしちゃったんだろう、シュー姉ちゃんは？」もの心ついたばかりだったけど、記憶の中のシュー姉はいつだって不機嫌だ。

あれから三十年近くも経つのに、シュー姉は少しも変わっていない。父の愛情が自分以外の誰かに向くのが我慢ならない。薫さんが登場してからというもの、すっかり幼児返りしてしまった。「家を出る」なんて口だけ。賭(か)けてもいい。絶対に実行には移さない。注目してほしくてそう言っているだけだ。

シュー姉は昔から父に腹を立てると岩戸にこもるアマテラスオオミカミみたいに部屋に引きこもった。それも自分の誕生日の夜に用事を入れたとか、食洗機を買ってくれないとか、結構どうでもいいことで。ハンストモードになれば、譲歩してもらえると思ってる。すごいよな。そこまで自信をもって甘えられるシュー姉が少し羨ましい。ま、今回ばかりはお父さんも譲らないだろうけど。

部屋のドアを閉めたところで、スマホの振動が伝わってきた。ベッドの上だ。画面にＬＩＮＥの緑色のマークが表示されている。

〈元気？　どっかで時間とれない？〉

メッセージの下に「アナと雪の女王」のエルサのスタンプが押されている。つり上がった大きな瞳がこっちを見て笑っている。

なんでこのタイミングで？

手帳を見るまでもない。来週も再来週も予定なんて入ってなかった。ただ、薫さんが越してくる日は、家にいたかった。

〈二十三日以外〉

それだけ打って送信した、と思ったら、早っ、もう返信がきた。ＪＫか。

〈了解。じゃあ十二月三日、いつものとこで。二時に♡♡〉

ラプンツェルが親指を立てているスタンプが送られてきた。今度は「塔の上のラプンツェル」だ。ディズニープリンセスシリーズですか。

あの人、たしか還暦すぎてるんじゃなかったっけ？

スマホをベッドに放り投げて、薫さんのいる下へ行った。

5

街が浮かれている。枯れ木に青い花が咲いたみたいにイルミネーションがチカチカしている。商店街にさしかかった。十二月になったばかりなのに、イブですかってくらいクリスマスソングが大音量で流れている。カトリックの女子高に通っていた頃、嫌というほど歌わされた「We Wish You a Merry Christmas」。なんでそんなにクリスマスをありがたがる？歓びに満ち満ちたコーラスがようやく終わった。次も聞き慣れたイントロ。ワム！と思ったら、違った。ＥＸＩＬＥヴァージョンだ。

♪Last Christmas　今はまだ　思い出になんてできないよ

そんな切なげに歌われても。去年も一昨年もその前の年も、布団に潜りこんでいる間にクリスマスは終わっていた。思い出なんてない。

電車に乗って外出するのは三週間と四日ぶりだった。

この前、見たときは七五三の着物を着ていたペコちゃんが、いつの間にかサンタ仕様になっている。

そういえば、お父さんが昔、よくここのクリスマスケーキを買ってきたっけ。ふわふわの生クリームの上に苺がたっぷりのっかっていた。「キリちゃん、食べないならそれちょうだい」ユズ姉はあたしの皿から苺をかっさらったし、ペコちゃんが笑うチョコプレートは「これ、もーらい！」と末っ子の楓子が独占した。苺にもチョコにも目をくれなかったけど、シュー姉はシュー姉でいつもちゃっかり大きく切り分けたのをせしめていた。

チロンチロンという音とともにママチャリがあたしを追い越していく。後ろに乗っている女の子はウサギの耳がついたモフモフの帽子が暖かそうだ。四歳くらい？　小さい子の年齢ってよくわからない。母親は派手なグリーンのスキニーパンツにムートンのブーツを履いてママチャリを漕いでいる。こっちのほうは間違いなくあたしより若い。

冷たく乾いた風が吹きつけてきた。耳たぶがきいんとする。ニット帽をずり下げて耳を覆った。ずっと買おうと思っていた耳当て、今年こそはなんとかしよう。煤けたスニーカーの足先を見て歩いていたら、待ち合わせ場所に着いた。ダウンジャケットのポケットからスマホを取り出した。約束の時間まではまだだいぶある。あの人は、きっと来ていない。楓子と同じで十分、十五分は平気で遅れる。

店の前で深呼吸した。したところで、なにかが変わるわけではないけれど、朝から、頭も体も重かった。充電不足。まだ人に会うテンションじゃない。「まだ」というか「ずっと」。あたしの人生、いつまで経ってもフル充電は無理っぽい。

ガラスの自動ドアをくぐって中に入った。

あれ。店の奥で見慣れた顔がこっちに向かって手を振っている。どういう風の吹き回しだろう。遅れてないんだ。ラベンダー色のニット。きょうも変わらぬ若づくり。

母に向かって小さく頷いてレジに並んだ。前にいたおばさんがテイクアウトのカフェラテを持って去っていく。髪をひとつに結んだ店員が大袈裟な笑顔を作ってこっちを見る。「ブレンドコーヒー」語尾がちょっとかすれてしまった。

「二百五十円いただきます」

財布から小銭を出しトレイの脇に置く。すぐにブレンドコーヒーが差し出された。さっきのおばさんには「ありがとうございまぁす」と笑顔が向けられたのに、なんにも言われなかった。

「遅かったじゃない」

奥の席まで行くと、母が頬を膨らませこっちを見た。やめろよ、その潤んだ目つき。男を前にすると態度を変える女は多いけれど、この人は違う。娘に対しても、デートに遅れた相手を非難するみたいな視線を向ける。

「もう十分近く待ったのよ」

そっちが珍しく早く着いただけだろ。

「顔がよく見えないじゃない。そのニット帽とりなさいよ」

目深（まぶか）にかぶったニット帽を少しだけ上げた。

「半年ぶりよね、元気してた？」

髪が短くなっている。明るい茶色に染めた髪を指に絡めながら、楓子に似た大きな瞳が見開かれた。

「どう？　似合ってるかしら？　智（とも）さんが短くしてみたらっていうんで、切ってみたの」

「あぁ」

智さん……。いつも智さん、智さんと言っているのでフルネームを忘れてしまいそうになる。たしかスズキ、鈴木智久。

「これからは自分の人生を生き直します」

十四年前、走り書きみたいな手紙を残して母は哲平さんと家を出た。すべてを捨てた出奔っていえばちょっとかっこいいけど、一世一代のロマンスは長くは続かなかった。たった一年と六ヶ月。障害がなくなってしまうと魅力が色褪せたみたいで、母は哲平さんと別れて祖母が住む実家へと戻った。自立するんだとか言って保険会社の外交を始めたけど、仕事帰りに立ち寄る飲み屋で智さんと知り合い、仕事を辞めさっさと再婚した。大手不動産会社勤務、バツイチで三つ年下、前の奥さんとの間には子供なし。五十歳の訳あり女には悪くはない条件だった。

「キリちゃんも髪ばっさり切ってみたら？　長くてもどうせひとつにまとめてるだけでしょ。短いほうが全然ラクよ」

「あぁ」

「あぁって、また。相変わらずねぇ」

母はやれやれとばかりに片眉をあげてみせる。ほんとのところはあたしの最小限の相槌が気に入っているくせに。

仕入れたネタは十二時間以内に他人に漏らさずにはいられないユズ姉、ひたすら母を非難するシュー姉、おざなりの相槌だけして自分の話しかしない楓子。四人の中で黙って話を聞き続けることができるのはあたしだけだった。

哲平さんと別れた頃から、母は年に何度かメールを送ってくるようになった。ＬＩＮＥを始めろと言ってきたのもこの人。初恋の相手をかっさらった上に家まで捨てた女だ。黙って言うことをきく道理はないのに、なぜか今も逆らえない。

「あんたって愛嬌も優しさもない子ね。ほんといいとこひとつもない。サイテーね。そんなんじゃ一生お嫁に行けないわよ」

子供の頃、愚痴を聞くのが嫌でその場から逃げようとしたら、これ以上はないくらい憎々しい目で非難された。

「サイテーね」いつもより二オクターブぐらい低い、ドスの利いた声での全否定。キツかったよな、あれ。いまだに尾を引いている。あの自分が粉々にされるみたいな辛さを感じるくらいなら、頭を真っ白にして話につきあったほうがマシだ。

「ほんと、キリちゃんって、話し甲斐がないんだから。なんのために会ってんだか」

恨めしそうにこっちを見ながらも、母は智さんと愛犬のマロンちゃんの近況を話し始めた。いつでもどこでも自分に尾っぽをふってくるマロンちゃんがかわいくて仕方ないのだろう。オチのない話がだらだら続く。話し甲斐あるじゃん、あたし。

後頭部がじーんと痺れたみたいに痛い。あぁと声に出す気も起きない。とりあえず頷いて聞いているふりをする。

母はバッグからスマホを取り出してタップしていく。年甲斐もなくコーラルピンクのネイル。ところどころに雪の結晶がちりばめられている。手の甲の土くれみたいなシミがかえって目立つ。肌もくすんで見えるし、やめたらいいのに。

顔は全然違うのに爪の形は嫌になるほど、あたしと似ている。

「ほら、最近、よくこのポーズとるの。ね、左足ちょこんと上げて、招き犬みたいでしょ」

「見て見て、これ。智さんとマロンちゃん、親子で昼寝よ」

色黒・猿人系の智さんがマロンちゃんと戯れる画像、画像、画像……。猿人もトイプードルもどれでも同じ顔に見える。傍迷惑なリア充アピール。

この人、本当に幸せなんだろうか。不自然に刻まれたほうれい線を見ていると、無理しているとしか思えない。

ブレンドコーヒーをひとくち飲んだ。きょう、この人がここに自分を呼び出した本当の理由を考えてみる。

やっぱりあれか。あれに決まっている。

膨大な画像を披露し終えた母はアイスカフェモカをストローでちゅっと吸った。

「ところでさ、キリちゃん、あたしになんか報告することないの？」

ほら、きた。

「あぁ」

「だから、あぁじゃなくて」

なんでわざわざあたしに言わせたがるんですか。

「ねぇ、知ってんのよ、あたし」

母は笑顔を浮かべている。声もマロンちゃんの話をしていたときのまま。でも、油断はできない。これは嵐の前のまろやかさ。

黙って爪のささくれをいじっていると、母はふうっと息を吐いた。

「お父さんから手紙貰ったわ。あの人、無口なくせに、文字だとやたらと長文になるのね。ずっと好きだった人と森戸の家で暮らすことになったって書いてあった」

ぽってりとした唇が少しゆがんだ。

「男……なんだってね、お父さんの相手。西園寺薫。翻訳やってる人なんでしょ。本もけっこう売れてるらしいじゃないの」

『コッツウォルズの憂鬱』の話できたか。

「あぁ」

「また『あぁ』?」

母はカフェモカをストローでゆっくりかき回しながら、「あぁ」ともう一度あたしの口真似をした。ニットと同じ、ラベンダー色のアイシャドウを塗った大きな瞳が責めるようにこっちを見る。

「お母さん、知ってたの? とか絶対に訊かないのよね、キリちゃんは。そんな辛気臭い顔しないで、嘘でもいいから、あたしに訊いてよ」

それまで母の顔に貼りついていた笑顔がはがれた。

「いいわよ。訊かないなら、こっちから言うわ。そうよ、とうの昔に気づいてたわ、お父さんは女をちゃんと愛せない、ほんとは男が好きなんだって。あの人はね、八芳園でお見合いしたとき、あたしに言ったの。『仕事、仕事の毎日で、これまで女の人とはまともにつきあったことないんです』って。短大卒業したばかりでロクに恋もしてなかったあたしはその言葉、そのまま信じたの。そうなんだ、忙しかったんだ。だから、こんなにステキな人なのに女に縁がなかったんだって。バッカみたい。でも、ウブだったあたしでも、夫婦になったらさすがに変だと思ったわ」

こっちが「あぁ」と言う間も与えず母はまくしたてる。

「一緒に街を歩いてるとき、すれ違いざまにチェックするのはきまって男。大学の友達や新聞社の同僚が家に来たらやたらとペタペタ触るし、どう見たっておかしかった。でも、考えすぎだって自分に言い聞かせてきたのよ、わかる？　そのときのあたしの気持ち――」

隣の席でパソコンを叩いていたスーツ姿の男が横目でちろちろこっちを見ている。

母はそれでも喋り続ける。どんどん野太い声になっていく。話しながら、自分の言葉でキレていく。この爆発の仕方ってユズ姉とそっくり。

「まったく、とんだ貧乏くじよ。二十五年……二十五年よ。四半世紀もの間、あたしは満たされなかった。ずっと我慢してきたんだから。でも、てっちゃんを知ってようやくわかったの。それまでどれだけ愛されることに飢えていたか」

女全開。しかもあだ花。なんで今頃になって、哲平さんのこと持ち出すかね。こんな生々しい話題で、あの人の名前を聞きたくはない。

「お父さんはね、息子が欲しかったんだわ。息子を自分好みの男に育てるのが夢だったのよ。だから、無理して四人も子供作って。本当にそれだけが目的みたいに。すごい屈辱。それでもあたしはずっと耐えてきたの。耐えてきたのに……」

なんだ、その科白。昼ドラのヒロインか。

小さい頃、一緒にテレビを見ていて濡れ場があると、咳払いしてチャンネルを変えていた母は、ここにはいない。この人は十四年前、家を出たときに母であることもやめてしまった。

「お父さん、この前、みんなにその人のこと紹介したんだってね。もう二週間以上も経つのよ。どうして誰もあたしに連絡してこないわけ？　娘が四人もいるんだから、せめてひとりぐらい『お母さん、ずっと辛かったんだね』って言ってくれたっていいでしょうに。あたしがあのとき、てっちゃんによろめいた理由をわかってくれる子がひとりもいないってどういうこと？　誰ひとり二十五年間も耐えてきたあたしのこと思い出してくれないなんて——」

母の恨み節は終わらない。

あー、まただ。どぅーんと地面に引っ張られていくみたいなこの感じ。どんどん沈んでいく。誰もあたしを引き上げてはくれない。どうしてあたしはここにいなきゃいけないんだろ。家に帰って布団にくるまりたいのに。

目の前の赤い唇が水面でパクパクする金魚みたいに見えてきた。

そうだよね、お母さん、あんたのことなんてみんなすっかり忘れてたよ。突然現れたお父さんの恋人にばかり気をとられて、誰も顧みなかった。

でも、だから？　どんな言葉をかければいいんだっけ？　自分だって家を捨てて好き放題してきたんだから、それでよくね？

哲平さんがダメなら智さんと、しれっと「生き直して」きたんだし。それともあれ？　お父さんに迎えにきてもらいたかったわけ？　そんなの勝手すぎるだろ。

「まったく冗談じゃないわ。どうして、その西園寺って男、うちに入れるのよ。ご近所にどう説明すんの？　あたしはお父さんのこと、誰にも言わず、ひとりで耐えてきたっていうのに。なんで今になって？　お祖父ちゃんが死んだから？　だったら、あたしが死ぬまで待ちなさいよ」

無理だよ、お父さんもそんなに待てない。その図太さ、あと五十年くらい余裕で生きそうだし。

「あたしの目の黒いうちにみっともないことしないでよ。前のダンナが男と暮らすなんて、あたしたまんない、やりきれないわ。こんなこと恥ずかしくて智さんにも言えやしない」

「あぁ」

ムカムカしてきた。でも、言葉にはならない。今さらこの人に向かって、言葉にする気もない。

年下の男と駆け落ちした女が、今さら世間体を持ち出すなんてふざけてる。母親に捨てられたあたしたちが世間からどんな目で見られてきたか、隣の佐々木さんがあることないこと噂してどんな思いをしてきたか。そっちこそなんにも知らないくせに。

今さらなに言ってんの？

還暦すぎた父がうんと年下の男をパートナーにするなんておかしい。おかしすぎる。でも、お父さんはあたしたちから逃げなかった。少なくとも「家族」は続けようとしている。母親がうんと年下の男と駆け落ちするよりはずっとマシだ。

この先、やるせなさや嫉妬で胸がしめつけられることが何度もあるかもしれない。でも、それを含めてあたしは暮らしていくつもり。

「キリちゃん、なんでなんにも言わないの？　どうして、あんたはそんなに素っ気ないの」

またですか。もう聞き飽きたって。一緒に住んでるときからいつもこの言葉で責められてきた。

「あたしはね、あんたを『あぁ』しか言えない娘に育てた覚えはないわよ」

そんなの嘘。こんなあたしにしたのは他ならぬあんた。お父さんへの憤懣、主婦業への不満、あたしへの非難。ネガティブな言葉ばかり浴びせられて、「あぁ」と答えるしかなかった。あぁ、わかったからもうその口、閉じろって。

心の底で思っていることを言葉にしたら、あんたはきっと、キレまくる。本心を隠してあんたの機嫌がよくなるようなこと、あたしには言えない。そういうのはユズ姉や楓子のほうが得意なんだよ。あたしには無理。いい加減、学習しろ。

カップを持つ手がふるふるする。ブレンドコーヒーを一気に飲んだ。いつの間にかすっかり冷めていた。

「……ねぇ、聞いてんの？　あんたはそれでいいの？」

母のこめかみに青筋が浮き出ている。もう若くないんだから、プチッて切れても知らないし。

斜め四十五度からこっちを睨みつける顔はシュー姉にそっくり。あの人、父親似だとばかり思ってたけど。そういえば、シュー姉もいつも言う。あんたはそれでいいの？

「お父さん、男と暮らすのよ。そんなの平気で見てられるの？」

「あたしは……。全然、平気」

あっ、言っちゃった。火に油。これで、あと一時間はマグマみたいな怒りにつきあわなければいけない。

でも、他に答えようがない。

目を伏せ、洞穴（ほらあな）になったつもりで母の文句を聞く。

6

音を立てずにゆっくり階段を下りていく。キッチンのほうから甘く香ばしい匂いが漂ってきた。

これってなんの匂いだっけ？　思い出せないけど、懐かしい。まだ家に母がいた頃、こんな匂いが流れていたような気がする。

爪先で床を刺すようにして廊下を歩いていると、冷たい板がみしっと音を立てた。そおっとドアを開ける。

「キリ子さん」

キッチンの奥で薫さんが笑った。

心臓がことりと鳴った。

「あぁ」

咄嗟に頭を下げてしまった。あたしったらバカ。またもや他人行儀なリアクションをしてしまった。

薫さんはハミングしていた。この歌……、たしか『コッツウォルズの憂鬱』でキンバリーの母親が刺繡(ししゅう)をしながら歌っていた。

Row, row, row your boat, Gently down the stream.（ボートを漕いで　ゆるやかに穏やかに流れを下ろう）

Merrily, Merrily, Merrily, Merrily, life is but a dream!（陽気に愉快に楽しんで　人生なんて夢にすぎないのだから）

薫さんは身をかがめるようにして鍋の中をのぞいている。うちのキッチン、古いから。気を抜くと低めのレンジフードに頭がぶつかりそうだ。細い腰に巻きついた紺色のギャルソンエプロンがすごく似合っていて、ぞくぞくする。

同じ屋根の下で暮らし始めて一ヶ月とちょっと。この人に笑顔を向けられると、いまだに頭に血がのぼる。滑らかに話したいのに、いつも最初でつまずく。言葉がするっと出てこない。

「お、お父さんは？」

どこに行ったわけ？　ドアを開ければ、いつものようにソファーに座っていると思っていたのに。

どうする？　あたし。同じ空間に薫さんとふたりだけになるなんて、初めてのことだった。十五畳の空間がひどく狭く感じる。顔が熱い。きっと真っ赤になっている。逃げたい。いや、違う、ここにいたい。

「ちょっとそこまで」

何度聞いてもグッとくる、穏やかな低音。

なんか買いに行ったの？　正月のしめ飾りかなんか？　フツーなら、ここは訊き返すところだ。でも、あたしはフツーじゃない。浅く頷くしかできない。

薫さんは鍋に視線を落とした。ハミングが終わった。

いつまでもここに突っ立ってるのも変だって。足は勝手にソファーのほうに行く。鼓動が激しくなってきた。落ち着け、心臓。ソファーに腰を下ろし、コーヒーテーブルの果物カゴからみかんをひとつ摑む。

隣の佐々木さんが飼っている柴犬のジョンが嬉しそうに吠えている。

庭の桜の木を見るともなく眺めていた。

甘い匂いがリビングに満ちていく。

ジョンが急におとなしくなった。換気扇とかすかな湯気の音だけがする。さっきから心臓がバクバクしているのが聞こえちゃうんじゃないか、ってくらい静かだ。ジョン、また吠えてよ。これじゃ静かすぎる。

楓子だったら、すり寄っていって後ろから鍋をのぞきこむところだ。

でも、あたしにはできない。そんな馴れ馴れしいこと、一生かかっても無理。せめてカウンター越しに話をしたい。

さりげなく、不自然にならないように、みかんを揉みながら湯気の向こうの薫さんを見た。

「あの、それ……」

鼓動と貧乏ゆすりが激しくなって、それ以上は続けられなかった。

なにを作ってるんですか？

あたしの質問を察してくれた薫さんは優しく頷いた。

「黒豆煮てたところ。おせちは、シュー子さんが用意するけど、これだけはどうしても作っておきたくて。図々しいって思われるだろうし、まだちょっと早いんだけど」

毎年十二月三十日になると、シュー姉は張り切っておせちの用意を始める。家を出るとか騒いでたから、今年はおせちなしかと思っていたけど、薫さんが家に来て一週間目ぐらいから態度も軟化してきた。今年も作る気満々と見た。煮しめ、エビの含め煮、数の子、紅白なます……。あの人のおせちはどこまでも自分の好み優先で黒豆と栗きんとんはお飾り程度。小さな瓶詰のものですませている。シュー姉とは反対に甘いもの好きだった母は、昔、黒豆をよく煮てたっけ。

「ちょうどよかった。キリ子さん、少し味見してみる？」

「あ、あぁ……」

薫さんは小皿を取り出し、黒豆を器用によそった。

「幹夫さんはああいう人だから、なんでも美味しいって言ってくれるでしょう。それじゃ、この家の味、覚えられないし。キリ子さん、食べてみて感想を聞かせて」

薫さんってこんなキャラだったっけ？　いつもより口調が女っぽい。それにすごく寛いでいるみたいに見える。ひょっとしてBL好きのあたしにシンパシーを感じてるんだろうか。

薫さんが火を止めてこっちにやってきた。向かいのソファーに座って小皿を差し出してきた。窓から入る澄んだ光が小麦色の肌を艶やかに照らしている。切れ長の大きな目が優しく微笑んだ。あまりの美しさに息が詰まる。

「どうぞ。出来たてのほくほくよ」

シュー姉と同じで正直、黒豆は苦手だ。あのオエッとくる甘さは受けつけない。でも、薫さんが作ったものなら……。

つやつやと黒光りする豆をひと粒、爪楊枝にさして口に入れた。

うまい。これが黒豆？

心地よい甘さが口の中ですーっと消えていく。

「気に入ってもらえた？」

「あぁ」

あぁじゃないって。もっと気の利いたこと言えよ。

それでも、薫さんは嬉しそうに笑ってくれた。

「よかった。ほんとのこと言うとね、この味は変えたくなかったの」

ここで会話を終わらせちゃダメだって。この感動をちゃんと伝えたい。

でも、どう言えばいいんだろう。

頭の中で飛び交っている言葉のカケラをつなげてみる。こんな美味しい豆食べたことない……これじゃ、月並みすぎる。どうしたら、こんなに美味しくできあがるんですか……これも手垢(てあか)つきすぎ。

もう一粒食べてみる。このほのかにすーっとする感じが。

「美味しい……」

言葉が尻つぼみに消えていく。

突然、すっと手が伸びてきた。思わず身を引く。

長い指が小皿の黒豆を摘んだ。

「うん、いい感じ」

味見を終えた薫さんは指についた煮汁を舌の先で舐め満足げに頷いた。

「黒豆煮るときってガーゼに包んで古い釘(くぎ)入れるでしょ。でも、うちは、釘と一緒にみかんの皮も入れてたの。だからこれ、しっかり甘いけど、くどくないでしょ」

なんで釘？　でもってみかんなわけ？　黒豆だけに豆知識……なんて言えるわけもなし。

「この味は母から習ったの。習ったっていうより、見よう見真似かな」

あたしの相槌なんて期待してないみたい。薫さんは問わず語りに話し出した。

「小さい頃から母の煮る黒豆が大好きでね。この優しい甘さがたまんないし、見た目もつやつやして、黒真珠みたいにきれいでしょ。だから、僕の中ではすごく特別な食べ物で」

黒豆を真珠に見立てるなんて。かなわない。この感性はやっぱり特別だ。

「子供ってから揚げとかハンバーグが好きだけど、僕はとにかく黒豆好きで。誕生日にはいつも『黒豆煮て』ってせがんでたの」

薫さんの誕生日は明日、十二月二十九日。やぎ座のO型。青龍苑で楓子が聞き出していた。明日に備えて、こっそりAmazonでプレゼントも買った。ペリカンのボールペン。お父さんとおソロだから、薫さん、喜ぶのでは。ちゃんと渡せるか疑問だけど……。

「僕の誕生日、十二月二十九日なの。一年でもいちばん慌ただしい時期でしょ。うちは父方の祖母が同じ敷地に住んでたから、そっちの手伝いもしなきゃいけなくて。母は毎年大忙しだった。それでも僕のために黒豆だけはちゃんと煮てくれた。甘い匂いが漂ってくると、なんともいえず幸せな気分になってね。母は、いつも黒豆煮るとき、同じ歌を歌っていたの。知ってる？　『ローユアボート』って」

「Row, row, row your boat, Gently down the stream」

英語の歌詞ならするりと歌えた。

「そう、その歌。ゆったりしてるけど、なんかちょっとやるせなくて。でも、子供心に好きだった」

あたしも好きです。この曲、『コッツウォルズの憂鬱』の中で主人公の母親がよく歌いますよね。なんて、さらりと言えたらいいけど無理。

「Merrily, Merrily, Merrily, Merrily……」

ひたすら口ずさんでいた。

「キリ子さんの声って」

名前を呼ばれて息が詰まりそうになった。

「……うちの母によく似てる」

薫さんは優しく微笑んだ。

そうなの？

「life is but a dream……」

なんと答えたらいいかわからない。バカみたいに歌い続けた。

「思い出すな、母の歌声。でも、なにもかも十歳の誕生日でおしまい」

え？

「ちょうど三十年前のきょう、いつもの年と同じように黒豆を煮ていたの。僕はリビングで『大草原の小さな家』を読んでいた。ロー、ロー、ロー　ユア　ボートって歌声が聞こえてきたと思ったら、突然、母がキッチンにうずくまって、頭が痛い、割れるように痛いって……。急いで救急車呼んだけど、意識が戻らないまま夜になって。日付が変わってすぐに」

今の自分と同じ三十九の年にクモ膜下出血で亡くなったのだと薫さんは静かにつけ加えた。

「そんなだから、十一歳の誕生日は悲惨。自分が生まれた日に、この世でいちばん大好きだった人が死ぬなんて……。僕、なにかに呪われるのかと思った。母の遺体と一緒に、父と家に戻ってきたら、キッチンには煮かけたまま火をとめたアルミの鍋があって。中をのぞいたら黒光りする豆がぎっしり詰まってたの。いっせいにこっちを見て僕を非難しているみたいだった。あの光景は一生忘れないな。『黒豆煮て』なんてねだらなきゃ、お母さんは倒れなかった。お母さんを死なせたのは自分だって思えてきて……」

そう言って薫さんは小皿をコーヒーテーブルの上に静かに置いた。

「不幸って続くのよね。次の年の夏には父も逝ってしまった。スキルス性の胃ガン。あっという間だった。僕って子供の頃からなよなよしてたから。お父さんは僕のことをどう扱っていいか、わかんなかったみたいなんだよね。でも、僕は静かで男らしいお父さんが好きだった。この世の終わりって感じで、胸の中ががらんどうになっちゃった」

両親を亡くしたあと、祖母と暮らすことになった。親を立て続けに亡くしたショックでなにもする気が起きなかった。死にたい。でも、死ぬ勇気もない自分が嫌だった。半引きこもり状態になり、しばらく学校にも行かなかったのだと薫さんはぽつりぽつりと話した。

「両親が亡くなってから親戚も寄りつかなくなった。僕って、見た目は女の子みたいだってよく言われたけど、かわいげがなかったの。変にこましゃくれた陰気な子でね。両親のことで、さらに暗くなってたから、みんな僕のこと疫病神みたいに思ってた。というか、実際そう呼ぶ親戚もいたし」

いきなりすぎる身の上話で、相槌も打てない。

なんで薫さんはこんな悲しい話をあたしにするんですか。あたしの声がお母さんと似てるからですか。

とにかく、あたしが薫さんの心の底に沈めた悲しみを呼び覚ましてしまったことだけは確かだ。そんなの申し訳なさすぎる。

テーブルの木目をじっと見ていると、みしっと廊下で音がした。薫さんはこの音に気づいてるんだろうか。伏し目がちのまま話し続ける。

「でも、次の年の誕生日の前日に祖母に言われたの。『もう一年経ったんだから、悲しむのはおよしなさい。おまえの誕生日はお母さんの命日じゃないのよ。お母さんにしてみれば、天国で生き始めた、あの世での誕生日なんだよ。いい？　姿かたちは消えても絶対に魂はなくならない。おまえがその存在を感じている限り、お母さんはずっと生きてるんだから。これからはおまえが黒豆を煮てお母さんの第二の誕生日を祝っておあげ』って。それで腑に落ちたってわけでもないんだけどね。なぜだか強く思ったの。これからは自分でお母さんの味、復活させようって」

薫さんはそこまで話して静かに頷いた。瞳が潤んでいる。

いったい、どんな顔をすればいいんだろう。俯くしかなかった。

「前にね、幹夫さんに『なにか食べたいものある?』って訊いたら、あの人『甘い卵焼き』って言ったの。『おふくろにはいい思い出ないけど、ときどきあの味だけは食べたくなる』って。誰にでも忘れられない味ってあるのね」

薫さんが初めて家に泊まった日、朝ごはんに卵焼きを作ってくれた。あれを食べたとき、懐かしい気がした。母の味に似ていると思ったけど、あれは父が母に頼んで再現してもらった「おふくろの味」だったんだ。

「僕にとってのおふくろの味ってこの黒豆なのよね。……ごめんなさい。こんな暗い話して」

「別に」

こっちこそすみません。いい聞き役になれなくて。

「幹夫さん以外とこんなに話したの初めて。キリ子さんって不思議な人ね。なぜだか話を聞いてもらいたくなるの」

薫さんのほうが不思議だ。あたし相手にこんな大事な話なんかして……。

でも、聞けてよかった。悲しい話だったけど、薫さんという人が、少しだけ、わかったような気がする。ついでにお父さんのことも。

小皿に黒豆がふた粒、残っていた。震える指先で摘んで口に入れた。

「あの……、これ。すごく美味しい気がします」

「ありがとう」

これからも、この味は変えなくても、いいのよね？　大きな瞳はそう訊いているみたいだった。

あたしはかすかに頷いた。頷きながら考えた。

お父さんは薫さんの誕生日の悲しい思い出を知ってるんだろうか。

……きっと知ってる。

「二十九日は薫さんの誕生日だから、みんなでなんか美味しいもの食べに行こうよぉ」

この前、家に来たとき甘ったるい声ではしゃいでた楓子に珍しくきっぱりと言っていた。

「いや、この家でゆっくり食事しよう」

今、わかった。お父さんは薫さんとただ「結婚」したかったんじゃない。薫さんを「家族」にしたかったんだ。誕生日に家族を亡くしてずっと孤独だった恋人に新しい家族を贈りたい。それがお父さん流の愛のカタチ。

やるじゃないか、幹夫。

見栄っぱりなユズ姉、頑なすぎるシュー姉、コミュ障のあたし、空気より軽い楓子。家族っていっても森戸家の人間はロクなもんじゃない。みんな、本当のところは気持ちがザラついて、諸手をあげて薫さんを受け入れる状態でもない。

でも、それでも……。

脇に置いていたみかんを気づかぬうちにまた揉んでいた。

「みかん、そうやると甘くなるんだよね」

「そう」

薫さんも果物カゴからみかんをとって揉み始めた。

「こうするとクエン酸が破壊されるからって、聞いたことがある。たくさん揉まれて、酸っぱい部分が消えていくのね」

薫さんはもうなにも言わない。あたしもなにも言えない。換気扇の音だけがする。

でも、ここから逃げ出したいとは思わない。長い間ずっと忘れていたほっこりとした感じ。手の中のみかんが温かくなっていく。低温なあたしもちょっとだけ柔らかくほぐれていくみたい。これって、なんかちょっと家族っぽい。

静かな時間をうち破るようにいきなりドアが開いた。

反射的に揉んでいた手が止まった。みかんをゆっくり脇に置いた。

シュー姉だった。

「なんだ、キリちゃん、そこにいたの」

シュー姉は今初めてあたしの存在に気づいたみたいに言って、キッチンの向こうに行った。

コンロの鍋にちらりと目をやった。

「なんで勝手に黒豆なんて煮たんですか。誰も頼んでないのに」

小姑の逆鱗(げきりん)に触れないか、薫さんは心配そうにシュー姉の横顔を見守っている。

こういうとき、絶対に視線に気づいていないふりをするシュー姉は、換気扇を止め、冷蔵庫を開けた。

「キリ子」

ぴりりとした声が響いた。冷蔵庫のドアに隠れて表情は見えない。

でも、賭けてもいい。シュー姉は怒らない。さっき廊下でみしっという音がしてたし。シュー姉とあたし。顔も性格も全然違うけれど、唯一似ているのは立ち聞きが好きなところだ。

「ペットボトルとか焼きプリンに名前書くの、いい加減やめたら？　笑われるわよ」

「笑われるって誰に？　わざわざ出してみせたって感じ。もうやめよ。

「あぁ」

たしかに。もうやめよ。

「あぁじゃないわよ、まったく」

シュー姉は不機嫌な声を出す。わざわざ出してみせたって感じ。「笑われるって誰に？

薫さんに？」大きな声でそう訊き返したらキレるかもしれないけど。

ピピッと冷蔵庫のアラームが鳴った。それでもドアを開けたままだ。

「それから……。ハチミツの空き瓶、大きいのがシンクの上の棚にしまってあるから」

あたしに話しかけてるんじゃない。

「黒豆、保存したいなら、そこに入れたら？」

もう一度ドアアラームが鳴った。

「そうします」

薫さんは伏し目がちに微笑んだ。ペットボトルを手にしてようやく冷蔵庫のドアを閉めた。

シュー姉は、「だからって心を許したわけじゃないのよ」とでも言いたげに薫さんをひと睨みした。そうしなきゃ、示しがつかないみたいにドスドスと床を鳴らしながら部屋を出ていく。

また静けさが戻ってきた。

「ねぇ、みんなが食べる前に、ここにあるみかんいくつか採んでおこうか」

薫さんがちょっと照れたみたいな笑顔でみかんを差し出す。

こくりと頷き、新しいみかんを受け取った。ほんの一瞬、指先が触れ合って、顔が熱くなった。

第三章　橙子の憤懣

7

南に向いた窓から白く頼りない陽が射しこんでくる。

グロスを塗り終えた橙子は、リップブラシをドレッサーの上に置いて大きな息を吐いた。鏡に向かって無理やり口角をあげてみる。

何年か前に海外ドラマで見た「笑顔セラピー」ってやつだ。形だけでも笑顔を作れば、気持ちはあとからついてくる……なんてことはゼッタイにない。すぐに唇がへの字に戻り、怒りの波が押し寄せてくる。思わず唇を嚙みそうになったけど、グロスを塗ったばかりだ。かわりにスカートの裾をぎゅっと握った。

さっきからベッドサイドの時計がカチカチ、カチカチ、うるさい。時刻は一時半を過ぎたところだ。ちょうど二十四時間前。あのときの怒りと悔しさをあたしは一生忘れない、忘れられるはずがない。

——寝室に掃除機をかけていたときだった。モーター音に混じってピロピロリンという音が聞こえてきた。

なんだろ。掃除機のスイッチを切ると、ベッドの枕もとに見慣れたスマホがあった。やあね、あの人ったら朝、二日酔いで、もがいていたから忘れていったんだ。なんの気なしに手にとった。画面にはＬＩＮＥのメッセージの一部が表示されていた。反射的に航平の暗証番号をタップした。はっ？　誰よ、「ともみん」って。

〈コーたん、昨日はステキなディナー、すごおく嬉しかったにゃん。マヂありがと♡〉

メッセージの下の写真を見た瞬間、頭に血がのぼった。

このブス！

巻き髪の女が赤いバッグを抱きしめ、つけ睫毛とアイラインで一・五倍大にした目を思い切り見開いている。「アヒル口」のつもりか。うの形にとがらせた薄い唇はひょっとこにしか見えない。

〈25回目のバースデーは忘れられない思い出になったお♡ケイト・スペードのバッグ、マヂ感激だお♡♡〉

怒りで震える指で画面をスクロールしていった。

〈誕生日おめでとう〉〈モヤイに七時半で〉〈楽しみにしてるよ!〉ありきたりなトークを盛り上げようと四十二歳のオヤジはアンパンマンのスタンプをぽんぽん送っていた。バカか、こいつ。浮かれてるくせに、それより前の履歴はすべて削除してある。証拠隠滅しなきゃならないくらい破廉恥なトークが繰り広げられていたなによりの証拠だ。

航平のスマホでケイト・スペードのサイトを開いた。あった、これだ。女が持っていたのと同じやつ。

五万二千九百円!

ありえない。

信じらんない。

許せない。

下に姑さえいなければ大声で叫び、床を踏み鳴らしていたところだった。

航平が誕生日にくれるものといったら、決まって商品券だ。どこで仕入れてくるのか、ラッピングなし。値段も三千円がいいところ。なのに、「ともみん」には……。なんなの、格差は。

ひょっとこ女に夫婦の信頼関係を一瞬にして打ち砕かれた。この精神的損害だけでも二百万円は取れる! 怒りにまかせて文字を打った。

〈慰謝料を請求されたくなかったら、二度と連絡してこないでください　佐竹橙子〉

送信ボタンを押し終えた瞬間、思い切りスマホを投げつけると、床にバウンドしてクローゼットの前に落ちた。

あの男、帰ってきたら殺す。

蜘蛛（くも）の巣みたいなヒビが入ったスマホを拾い上げながら、心に誓った。

絶え間なく打ち寄せる怒りの波と闘いながら、買い物に行き、娘たちの夕食を用意した。

「ママ、なんかあったの？　怖い顔して」「別に、ちょっと頭が痛いだけ」「頭が痛いと舌打ちするの？」「具合悪いんだから静かにして！」。そんなやりとりを繰り返し、なんとか夜まで持ち堪えた。

でも、今か今かと待ち構えていても、航平はなかなか戻ってこなかった。玄関の前にタクシーが停まったのは深夜二時近くになってから。階段をのしのし上がってくる音がしてリビングのドアが開いた。

「まだ起きてたのか」

酒臭い息が漂ってきた。薄くなってきた生え際、でっぷりした腹。信じられない、こんなオヤジの分際で……。

「コーたん、遅かったにゃん。ユズりんね、こんなの見つけたんだお」

ひょっとこ女を真似てアヒル口で証拠を突きつけた。

「おい、なんだよ、これ」

ヒビ割れた画面を見た航平のポーカーフェイスに亀裂が入った。

「人のスマホを勝手に――」

「どこが勝手よ？　冗談じゃない。掃除してたらＬＩＮＥがきたんでしょうが。誰なのよ、このブス？」

ブとスにありったけの憎しみをこめて言ってやった。

「友達の会社の後輩」

細くつり上がった目は瞬きひとつしない。白目が黄色く濁っていた。このたぬきオヤジ。目を見て話せば真実だと思うほど、こっちは甘くない。

「へぇー、パパは友達の会社の後輩にバッグなんてプレゼントすんの？　五万二千九百円って、パパのスーツより全然高いんですけど」

「違う。バーゲンで半額以下だった」

「半額だったら許される……んなはずないでしょ。五万でも五十円でも万引きしたら万引きなの。それと同じ！　五万でも二万五千円でも浮気相手にバッグをプレゼントすりゃ同罪！」

「ただの友達だ」

「ただの友達がコーたんとか言う？」

「友達だから言ってるんだろ」

「じゃ、なんですか。向こうはただの友達としか思ってないのに、バカ高いバッグあげたわけだ」

「いい加減にしろ！　人の揚げ足取るようなことばっかり言って」

航平が声を荒らげた。

大声で怒鳴りたいのは、あんたじゃない。あたしだ。

「悪いのは誰が見たってそっちでしょうが」

「勝手にスマホ見たのはおまえだろ」

「あんたにおまえなんて言われたかないわ。だいたいズルいのよ。いつもそうやって話を――」

すりかえてと言い終わる前に、バタンとドアが閉められた。

「待ちなさいよ」追っていって、胸ぐらを摑んででも決着をつけたかった。

でも、夜中にこれ以上騒ぐわけにはいかない。階下では姑が、寝室の向かいの子供部屋では娘たちが寝ている。見えない鎖で足を縛られているみたいだ。あの男、あたしがここで踏みとどまるとわかっていて、計算ずくで深酒してきたんだ。どこまで姑息なんだか。絶対に明日の夜こそ吐かせて、土下座させてやる。そのままリビングに残り、朝までまんじりともしなかった。

航平は娘たちにだけ「おはよう」と言い、朝食もとらずに逃げるように出ていった。娘たちを学校へ送り出したあと、食器を洗って洗濯機をまわし、掃除機をかけた。いつもと同じ段取り。でも、心は大荒れだ。抑えても抑えても、新たな怒りが押し寄せてくる。あんまり腹が立つんで近所のコンビニをハシゴして俺のチョコシューやら濃厚フロマージュやらもちもち食感オムレットやらを買いまくって、あっという間に平らげた。それでも足りなくて、アーモンドチョコまでひと箱あけてしまった。あたしが糖尿病になったら、航平のせいだ、そう思うと余計に腹が立ってきて、昼過ぎまで、リビングのソファーでふて寝していた――

斜め前に置かれたベッドでパジャマがクシャクシャになっている。酒×タバコ×おやじ臭。いつもだったら速攻で洗濯機に入れるけど、あたしを裏切った男のものだと思うと一ミリだって触りたくない。

時計の針がカチカチ相変わらず、うるさい。

そろそろ時間だよ。

催促しているみたいに強い風が窓を叩く。

このまま家事を放棄したい。でも、あたしはこの家の主婦だ。雨ニモ負ケズ、風ニモ負ケズ、夫ノ裏切リニモ負ケズ、今日モ育チ盛リノ娘タチノタメニ夕食ノ材料ヲ買イニ行カナケレバナラナイ。腰を上げ、下に行った。すぐ脇にあるドアを開ける。

「失礼します」

八畳間にはむわっと暖かい空気が漂っていた。体感温度30℃超え。エアコンの設定が高すぎるでしょ。まったく。電気代を払うのはこっちなのに。

ピンクのド派手なニットを着た姑の和子（かずこ）はマッサージチェアに座り、大音量で二時間ドラマの再放送を見ている。

画面では殺人現場に駆けつけた主人公のお坊ちゃん探偵が警視庁捜査一課の刑事とやり合っている。大袈裟なBGMがCMに切り替わったところで声をかけた。

「今から出かけますけど、なんか買ってくるものありますか」

干し柿みたいに萎（しな）びた長い顔がふり返った。

「別になし」

それだけ言うと、また画面に向き直った。

イブプロフェンが喉に効くとかなんとか、風邪薬のCMが流れ出した。

――ぶるっときたら、早めに、ねっ――。

いい年をして、サリーちゃんみたいな服を着たタレントが小首を傾げると、姑は一文字の強情そうな眉をしかめた。

「この子、キレイなのに、どうしてこんな押しつぶされたみたいな声、出すのかね」

「そういうの、アニ声っていって人気あるんでしょ」

「アニ声?」

「アニメのキャラクターみたいな幼稚な声のことです」

「アニ声ねぇ。それよりなに? そんなとこに突っ立って。買い物行くんじゃなかったの?」

話をふってきたのはそっちだろうに。

「ええ。今から出かけますけど、その前に……。お義母さん、あの、昨夜、お風呂場のシャワーの栓しめ忘れていらっしゃったみたいで。ずーっと出しっぱなしになっていたんですよ。あたしも早く気づけばよかったんだけど、お風呂に入るのが遅かったもので」

語尾に怒りを滲(にじ)ませないように注意しながら言った。

「なんのこと?」

CMタイムは終わり、主人公が容疑者らしき女の家を訪ねるシーンに切りかわった。姑の細い目は瞬きもせず、こっちに向けられたままだ。

「あの、だからシャワーが」

「シャワーはこの手できちんと止めましたよ。なんの証拠もないのに、あたしを犯人呼ばわりしないでよ」

「犯人なんてそんな……」

いつもだったら、ごめんなさい、あたしの勘違いでしたと笑顔でごまかすところだ。でも、きょうはなにか言わずにはいられない。航平と瓜二つの目を見ていると、むしょうに腹が立ってくる。

「だって、あたしの前にお風呂に入ったのはお義母さんじゃないですか。最初に桃葉(ももよ)が入って次は梅香(うめか)。そしてお義母さんの順番だったでしょ」

姑はわざとらしく肩をすくめた。

「なにも、そんなキンキン声出さなくてもちゃんと聞こえてますって」

いつもこうだ。火に油を注ぐようなこと言っておいて、こっちの怒りがマックスになったところで冷静な顔をして、たしなめてくる。

「それにさっきからなんですか、エラそうに。あなた、いつからこの家を仕切ってんの？」

「あたしはただ気をつけてくださいって注意しただけです」

「あらま、今度は注意ですか。犯人扱いの次はボケ老人扱い？　冗談じゃないわ、あたくし、まだ七十三歳よ」

「あたくし」だって。

気取ってんじゃねーよ。

絶対に自分の過ちを認めない物言いは夫の航平にそっくりだ。

「そうやって話をすりかえないでください。だいたいお義母さんがそんなんだから、航平さんも――」

胸の内にしまっておくつもりだったけど、もう我慢できない。昨夜発覚した航平の不始末が口をついて出た。

「こっちがなにを言っても、航平さんは知らぬ存ぜぬ。動かぬ証拠があるのに、俺は一ミリも悪くないって顔して。せめて悪かったって罪を認めて謝ってくれたらあたしだって」

姑は女にしては逞(たくま)しすぎるワシ鼻をフンっと鳴らした。

「だから？」

「だ、だからって……お義母さん」

「たかが浮気ぐらいで青筋立てて、みっともない。そんなの、そっちの監督不行き届きでしょうが。わかってんのかしら。浮気はされる側にも原因があんのよ。それをなんですか、鬼の首を取ったみたいに。そんなにキーキー騒いでいたら、コーちゃんだって気が休まらないわ。亭主なんてのはね、持ち上げてなんぼなの。もっと鷹揚に構えて、見えない手綱で操るようにしないと」

細い目がすーっと糸のようになった。

「それに、なにも、あなたのお母さんみたいに家を捨てたわけじゃないんだし」

ちょっと、今なんて言った？

怒りが臨界点を超えた。この期に及んで、あの女を引き合いに出すなんて。

「じゃあ、お義母さんは家を捨てなきゃ、なにをやってもいいっていうんですか。浮気されても黙って耐えろって？」

ただでさえ部屋が暑い。全身を駆け巡る怒りで煮え返りそうだ。

「ほらまた、そうやって嚙みつくみたいに言う」

「嚙みつきたくもなりますって。だいたいお義母さん、もしもお義父さんが浮気していたら、そんな悠長な態度とっていられました？」

「あら、うちの人はあたしのこと大事にしてくれたもの。〝世間にはハズレをひく男も大勢いるが、俺の結婚はアタリだった〟って、死ぬ三日前にも言ってくれてね」

まるで、あたしがハズレくじみたいじゃないの。

「あたしはね、別に浮気していいなんて言ってやしないわ。たとえ、浮気もどきのことがあったとしてもよ、コーちゃんはお宅のお母さんとは違って良識ってもんがあるの。そこまでキャンキャン吠えなくてもいいじゃ――」

「だから、あの人の話はやめてくださいって言ってるじゃないですか。あたし、航平さんの裏切りだけは許せませんから。これまでお義母さんがどんなわがまま身勝手を言っても我慢してきたし、お義母さんの考えに従うようにしてきました。でも、浮気した息子の肩持つなんて……ひどすぎます」

「わがまま身勝手？　誰が？　言っとくけど、ここはあたしの家よ。この土地だってあたしが親から譲り受けたもんなんだから。あたしのやり方で、好き勝手やらせてもらうわ。他所から来たあんたに、とやかく言われたくはないね」

姑は薄い唇を意地悪く曲げて「他所」と言った。どうせあたしは……。

「そうですか。自分の都合が悪くなったら、あたしのことは〝他所者〟扱いですか。お義母さんのお気持ちはよーくわかりました」

もう耐えられない、こんな家。

「あたし、しばらくお暇をいただきます」

「どうぞ、どうぞ。あら、やーね、テレビいいとこだったのに、とんだ邪魔が入って」

姑はリモコンで音量をさらにあげた。

「では、お言葉に甘えて」

ドアを思い切り閉めた。テレビの爆音に負けないくらい大きな音が家中に響く。

もう一分たりともこんなところにいたくない。踏み鳴らすように階段を上がって寝室のドアを開け、目についたニットをトートバッグに詰めこんだ。

あとは……、そうだ。ドレッサーの上にあった化粧ポーチを鷲掴(わしづか)みにして、階段を駆け下りた。

8

ＪＲと私鉄を乗り継いで、ようやく実家の最寄り駅に着いた。

佐竹の家を飛び出してから、ここまで一時間近く。ずっと怒りに取り憑(つ)かれている。このまま血圧が上がって血管が破れたらどうしてくれる？　死んでも死にきれない。

交互に浮かんでくる航平と姑の顔を振り払いながら南口に出た。寒々しい空の灰色がさっきよりも濃くなっている。

ロータリーの向こうには純白のビルができていた。

「～10時オープン　新台入荷　CR大奥～百花繚乱の花の陣～」

黄色に赤い文字の電光掲示板が昼間っからチカチカしている。

正月に航平たちとここに降りたときは、工事中で白いシートで覆われていた。もともとはさびれたトンカツ屋とケーキ屋、文房具屋が並んでいた場所だ。てっきり雑居ビルに生まれ変わって洒落(しゃれ)たカフェでも入るんだろうと思っていた。まさかパチンコ屋になるなんて。昭和っぽさを残したのどかな駅前風景がたった一ヶ月で安っぽく様変わりしてしまった。

刺すような風が吹きつけてくる。

寒っ。

冷たく乾いた手をこすり合わせた。こんなことなら手袋をしてくるんだった。胸のあたりで渦巻いていた苛立ちが白く長い息になって出ていく。

横断歩道に踏み出そうとしたら、ものすごい勢いでトラックが目の前を走り過ぎていった。

危なっ。

信号、まだ赤じゃないの。

あたしったら、どうかしている。あの鬼ババと航平のせいでもう少しで轢(ひ)かれるところだった。

娘の桃葉と梅香の顔が頭をよぎる。

あの子たちも中一と小五だ。母親が家を空けたところで不自由する年齢じゃない。最近じゃすっかり生意気になってあたしの料理に味が薄いとか、色が地味すぎとかあれこれケチをつけてくる。菓子パンに宅配ピザ、カップラーメン……。「口うるさいママ」がいないうちに心ゆくまでジャンクな食生活を楽しむがいい。

信号がようやく青になった。強く冷たい風が吹きつけてくる。かぶりを振って頰にかかった髪を払いのけた。

パチンコ屋の二軒手前にあるユニクロの看板が目に入った。

そうだ、着替えがない。なんか暖かいもの、買わなきゃ。店に入ってヒートテックのシャツとフリースの部屋着をカゴに入れた。これで三千六百円か。頭の中で計算していると、ケイト・スペードのバッグがチラつく。なにチマチマしてるんだろう。こんなのあの男の散財に比べたら……。目に入った白いダウンベストと真っ赤なニットをカゴに入れた。季節はずれのサンタみたいだけど、むしょうに買い物がしたくなってきた。極暖ヒートテックも色違いで大人買いしちゃえ。

「一万八千四百五十円になります」

化粧気のない店員に二万円渡すと、貼りついたような笑顔が返ってきた。

「千五百五十円のお返しになります」

両手でこっちの掌を包みこむようにしてレシートとおつりを渡された。生暖かく湿った感触にぞわっと鳥肌が立つ。

店を出ると、痩せた中年女とすれ違った。虚ろな目をしてパチンコ屋に吸い寄せられていく。自動ドアの向こうからジャラジャラ爆音が響いてきた。パチンコ屋の並びにあるスーパーの自動ドアをくぐり、夜食用の菓子パンを三つばかり買って二階のトイレに向かう。

洗面台の前に陣取り、化粧ポーチを取り出す。鏡に映った女を見てぞっとした。これがあたし？　怒りは女を消耗させる。たった一日でぐっと老けこんでしまった。

コンシーラーを人差し指で叩きこみクマを隠した。あとは目ヂカラ。マスカラの繊維が睫毛に放射状に絡むようにゆっくりブラシを動かす。

なにも実家に帰るのに、こんなに武装することはない……と思いつつも、柊子の仏頂面が浮かんでくる。正月に行ったとき派遣の仕事を辞めて、しばらくは失業保険暮らしだと言っていた。仕切り屋のあの子のことだ。しばらく家にいて薫さんのことを監視してるんだろう。

さっき電車の中で「今から行くから」とLINEを送った。数分後、戻ってきたのは〈了解〉という素っ気ない返事。

おっとりとしたあたしへの対抗心からか。柊子は小さい頃から、やたらとしっかりしていた。学校の成績もよくて、なにかと言えば「だからユズ姉は……」とエラそうにダメ出ししてきた。あたしが嫁に行ってからは、長女面して家を取り仕切っている。少しでもアドバイスしようものなら「家を出ていった人が無責任に口出ししないで」「都合のいいときだけ長女ぶらないで」と不機嫌になる。

あの子にだけは、やつれた姿を見せたくなかった。

嫁ぎ先では般若（はんにゃ）顔で嫌味を言う姑の機嫌をうかがい、実家では女官長みたいに威張りくさった妹の顔色を気にして……。女って一度嫁に行くと、どこにも気の休まる場所がなくなる。

あー、もうヤダ。ヤダヤダヤダ。こんなときは鏡の中の自分に集中しよう。

ブラシをゆっくり動かしてマスカラを重ねづけしていく。ようやくいつもの目ヂカラが蘇ってきた。

そうよ。あたしは森戸家の長女なんだから、行き遅れの妹たちに気なんて遣う必要なんかない！

大通りに沿ってゆるやかな坂をあがっていく。バイクが脇を通り過ぎていった。けたたましいマフラーの音が頭の芯（しん）に響く。

今はなにも考えず、ただ歩こう。そう決めた先から「ともみん」が赤いバッグを抱きしめながら航平にしなだれかかっている図が浮かんでくる。

我ながら安い妄想。

でも、頭から離れない。

まったく、あの男ときたら……。二十歳近く離れた女、それもあんなブスにうつつを抜かすなんて。短気なところはあるし、イケメンにはほど遠い。取り柄といえば、家族思いのところ。なにはなくとも家庭だけは大切にしてくれると信じていたあたしがバカだった。

十五年前、母が年下の男と駆け落ちをした。その翌週にはあたしの二十五回目の誕生日が控えていたというのに。

あの人はなぜか長女のあたしでなく、次女の柊子に家のことを託した。母に捨てられただけでも、ものすごいショックなのに娘としても信用されてなかった。なんでも話せる母娘（おやこ）だと思いこんでいたのは、あたしだけだった。これまでの生活すべてが足もとから崩れ落ちていくみたいだった。

もしかしたら、誕生日に連絡があるんじゃないか。どこかで待ち望んでいたけど、メールも電話もなし。かわりに航平からプロポーズされた。前の彼にフラれて、つなぎでつきあっていただけだから、結婚なんて意識したこともなかったのに、あたしは頷いていた。大きく抉られていた心に「俺がずっとそばにいる」という言葉が沁（し）みた。

挨拶に行った日、姑はマリアさまのような微笑みを浮かべて言ってくれた。

「結婚？　反対する理由なんてないわ。うちは男の子だけだから、あなたみたいな娘が欲しかったのよ」

二ヶ月後には妊娠が判明した。

「早くうちにいらっしゃい。あたしたち、きっといい母娘になれるわ」

佐竹の家で新しい家族を作ろう、絶対に壊れない家族を。ここなら、それができる。そう思っていた。

でも、嘘ばっか。

ブーティーのヒールがカツカツ音を立てる。徹夜して身も心もくたくたのはずなのに、そこらじゅうのものを蹴り散らかしたくなる。

「あなたの街の不動産」と水色で書かれたガラスに女が映っている。思わずガラスに向かって微笑んだ。そこいらの専業主婦よりずっと小ぎれいだ。心もち肉づきはよくなったけれど、まだまだ若くてじゅうぶん魅力的だ。

あんなひょっとこ女より全然いいじゃないの。

見た目だけじゃない。こんなデキた嫁はめったにいない。これまでどんだけ佐竹の家に尽くしてきたことか。三年前に逝った気難しい舅の面倒も、自分を誉めてあげたいくらいよく見てきた。夫に先立たれ、ますます陰険になった姑と顔をつきあわせながら、娘ふたりをしっかり育て、笑顔で航平を会社に送り出している。

気がつけば馴染みのケーキ屋「シエル・ブル」の近くまできていた。左に折れて脇道を入っていく。

小さなアパートや建売住宅が並ぶゆるやかな坂をしばらく行って右に折れようとしたとき、後ろから声をかけられた。

「あら、ユズちゃんじゃない」

聞き覚えのあるしゃがれ声……。

笑顔を作ってふり向くと、実家の隣に住む佐々木さんが立っていた。赤紫の髪は昔と変わらないけど、生え際の白さと薄さが目立つ。

「お久しぶりです」

頭を下げると、佐々木さんはニッと笑った。髪にあわせてんのか？　柴漬け色の口紅が毒々しい。

「ほんとにねぇ。お元気にしてた？」

シワに囲まれたイタチみたいな目が、ユニクロの大きな袋をとらえた。

「この前は、たしかお正月だったわよね。後ろ姿見かけたのよ。きょうもお里帰り？」

「ええ、ちょっと」

「ねぇ、ところで最近お宅にすっごいハンサムくんが出入りしてるんだけど、あの人、だあれ？」

噂話を食べて生きてるんじゃないかってくらい詮索好きのおばさんだ。仕入れたネタは百倍にして近所に広める。母が年下の男と家を出たときも、あることないこと、言いふらしてくれた。

「もしかして二番目の子のフィアンセだったりして？　それともフーちゃん？　そういや、この前、久しぶりに会ったけど、垢抜けて美人になってたしねぇ」

「いえ、あの人は親戚なんですよ」

ここで隙を見せたら質問攻めになる。笑顔で「じゃ、ちょっと急ぎますので」と会釈して別れた。

道を右に折れた。道幅が車ひとつ分狭くなる。よく手入れされた柾の生垣の前を歩いていると、古びたブロック塀からはみ出た桜の木が見えてきた。すっかり葉を落とし、空を仰ぎ見るみたいに大きく枝を伸ばしている。

だんだん足が重くなってきた。どんな顔してドアを開ければいいのよ。

門柱の石に刻まれた「森戸」という字。また気が滅入ってきた。いや、ここはあたしの家だ。堂々と帰ってやる。航平が手をついて謝るまで、佐竹の家には絶対に戻らないんだから。

サビが目立ち始めた門扉を押した。ギィーッと古びた音がする。敷石を五つ渡っている間に呼吸を整えた。玄関先の山茶花(さざんか)が目に入る。今年の花もそろそろ終わりか。足もとには茶色と化した残骸が散らばっている。「山茶花は咲いてるうちはきれいなのに、散った姿は目もあてられない。散々花(さんざんか)だな」祖父がよく言っていたのを咄嗟に思い出した。

かじかんだ指でインターフォンを押す。「はい」とよく通る男の声が響いた。

どうしてよ。柊子が出るとばかり思っていたのに。

「あの橙子ですけど」

声が少し強張った。

すぐにドアが開いた。キャメルのニットにジーンズ姿の薫さんが立っていた。腰には黒いエプロンを巻いている。

「どうぞ」

どうぞ……って。この家の主(あるじ)みたいな言い方。ちりっと胸の奥が焦げる。ここはあたしの家なんだけど。

黙ってブーティーを脱ぐ。昔、父とデパートで選んだ玄関マットにかわってペルシャキリムが敷いてある。「芝生みたいだね」ってみんな気に入ってたあれはどこにやったのよ?

うちの家族はこんな趣味ない。きっとこの男が選んだに違いない。

差し出された客用のスリッパは履かずに廊下を歩いた。足裏から床の冷たさが沁みてくる。ちょっと湿気（しっけ）た木にだしをかけたみたいなうちの匂い。

ドアを開けた。体感温度25℃。ほどよい暖かさだ。

ダイニングテーブルで柊子がお茶を飲んでいる。

なんだ、いるならあんたが出なさいよ……。違った、桐子だった。いつものジャージじゃなくて、モスグリーンのニットを着ている。きっと服のせいだ。顔立ちは違うのに姿かたちが柊子にそっくりだ。

「キリちゃん、久しぶり」

正月に来たとき、桐子は珍しく初詣に出かけていた。顔をあわせるのは二ヶ月ぶりだ。

「ユズ姉に見せたかったなぁ。キリちゃん、恋する乙女になって、なんかすごく変わったんだからぁ」

楓子がいたずらっぽい目で話していたけれど、本当だ。無彩色だった妹がほんのり色づいて見える。でも、態度は相変わらず。こっちには目もくれず、両手で覆ったマグカップを見つめている。

ダイニングテーブルにはクッキーともうひとつマグカップが置かれていた。

あたしが娘たちを連れて来ても、部屋にこもりっきりのくせに。薫さんとだったら、ふたりきりでお茶を飲むんだ。

ダウンジャケットを椅子にかけた。

ユニクロの袋をクッションがわりに背に置き、桐子の隣に腰を下ろす。

「今、お茶淹れますから」

薫さんはすっとカウンターキッチンにまわった。

「お父さんいないの？　金曜は自宅勤務じゃなかった？」

「はい。ちょっと病院へ」

桐子に訊いたのに、答えたのは薫さんだった。

美人は三日で飽きると言うけれど、イケメンも似たようなもんだ。会うのも三度目にもなると、ありがた感がなくなる。女に興味がない男と思えばなおのこと。もうなんのときめきも感じない。勢いで買った『コッツウォルズの憂鬱』も第一章の途中でどうでもよくなってしまった。

「病院って、お父さん、どこか悪いのかしら」

「いえ、幹夫さんじゃなくて、同僚の方が入院しているとかで」

この目つき！　いくら若く見えるからって、不惑すぎた男が上目遣いってどうなの？　腰の低い位置に巻いたエプロンもスカしている。ここはカフェじゃなくて一般家庭でしょうが。

「そう。で、シュー子は？」

「昼過ぎに出かけました。夕方には帰ってくるそうです。今、お茶淹れますね」

薫さんはペーパーフィルターをドリッパーにセットし始めた。正月に会ったときの控えめな態度、あれはなんだったの？　すっかり主婦きどりだ。

「ありがとう。でもね」

口角を思い切りあげて、腕を組んだ。

「覚えておいてくださる？　わたし、コーヒー、ダメなの」

ダメ出しは笑顔で、砂糖のように甘い声に限る。

「わたしの場合、お茶って言ったら、紅茶なのよね」

「ごめんなさい」

薫さんは悲しそうに長い睫毛を伏せた。どうしてそういう顔するかね。まるでこっちがイジメてるみたいじゃない。

「コーヒー飲むくせに……」

隣で桐子が蚊の鳴くような声で言った。

「わたしは昔から紅茶派よ」

この裏切り者。横目で睨むとまたこれだ。貧乏ゆすりが始まった。

「キリちゃんったら、やめてよ」

薫さんはティーポットに茶葉を入れている。百年前からこの家に住んでるみたいな慣れた手つきで。

柊子……。柊子はどこ行ってんの？　赤の他人にキッチンを好き勝手使わせて、どこでなにやってんのか？

「キリちゃん、最近、お仕事のほうはどうなの？」

気まずい沈黙がリビングに流れる。

「あぁ」

桐子はマグカップを持ったまま頷いた。

よく見るとマスカラまでつけている。どうしちゃったの、この子？

「あぁじゃわかんないでしょ」

「ぼちぼち」

もうこれ以上、話したくありませんとばかり桐子はマグカップに口をつけた。

「どうぞ」

薫さんが紅茶をそっとテーブルの上に置いた。

色気も素っ気もないベージュのマグカップ。誰に出しているると思ってんの？　あたしはこの家の長女だ。嫁いだっていったって、ううん、嫁いでめったに顔を出さないからこそ、いちばんもてなすべき相手でしょうが。

わざと目を見開いて、キッチン奥の食器棚を見た。上から二段目にあるロイヤルコペンハーゲンのティーカップ。昔から大切なおもてなしのときは、あれと決まっている。

今こそこの目ヂカラの出番だ。眉間のあたりに縦ジワが寄らない程度に力を入れて、薫さんを見つめた。

……変化なし。

「どうぞ召し上がってください」とばかり、薫さんは微笑む。

なんて鈍いんだろう。なんにもわかっちゃいない。ゲイって繊細な生き物だっていうけど、こいつだけは例外だ。この無神経さは男そのもの。読みかけの『コッツウォルズの憂鬱』はブックオフ行き決定！

コホンと咳払いした。ここは四人姉妹の長女らしく、威厳をもって。

「わたし、ちょっと思うところがあって、しばらくこの家にいますから」

「そうなんですか」

涼しい顔で頷くと、薫さんはソファーの向こうの襖（ふすま）に目をやった。

「じゃあ、そこの和室、使ってください。橙子さんが使っていらした上のお部屋は幹夫さんの本と僕の荷物を置かせてもらってますから」

こめかみの血管が切れそうになった。

なんの権利があってそんなにエラそうに人に指図するわけ？

「言われなくても、好きな部屋を使います。だいたい、あなた、いつからこの家、仕切ってるの？」

「え、そんなつもりじゃ……」

薫さんは目を伏せた。

あれ？

ちょっと待って、プレイバック。今の言葉……。

いつからこの家を仕切ってんの？

これって姑の言葉、そのまんま。

9

久しぶりの雲ひとつない空だった。

「空が青いなぁ」

ぽつりと父が言った。

いくらいい天気でも、こっちの気分は曇りっぱなし……。家に舞い戻ってきた娘が隣にいるのに、どうしてこんなにゆったりできるんだろう。

父は暖かな陽射しを楽しむみたいに空を見上げている。

たまに口を開いたかと思えば、当たりさわりない天気の話。なんのひねりもない。ネタのない営業マンじゃあるまいし。

季節を先取りしたみたいな生暖かい風が首筋をくすぐる。

「そうね、昨日までの寒さが嘘みたい」

あたしも人がいい。父にあわせてありきたりの返事をした。

昨日の夕方、家に帰ってきた父はリビングにいるあたしの顔を見て「おう」と言った。嫁に行った娘が突然ひとりで戻ってきたのに「おう」。それだけ。

あまりの素っ気なさに腹が立ったけれど、いざ「青龍苑にでも行くか」とランチに誘われると、それはそれで気が重くなった。ふたりきりになってなにを話すつもりなんだろう。「家に帰れ」と説教？　佐竹の家でなにがあったのか事情聴取？　「あの人、いつまで家に居座るつもり？　早く帰るように言ってよ」と柊子や薫さんに吹きこまれているに違いない。

夫の裏切り、援護射撃のような姑の暴言。一日経っても怒りは沸点を超えたまま。女親なら共感してくれるに違いないこのやりきれなさを話したところで察しの悪い父が理解してくれるとは思えない。

「航平くんと喧嘩したのか。そんなに深刻なのか？」と単刀直入に訊かれたら、どう答えよう。浮気されたなんて惨めすぎて口が裂けても言えない。「ちょっとした口喧嘩」で誤魔化そうか。それよりお義母さんのせいにしたほうが無難か……。青龍苑に行くまでの間、頭の中で想定問答を繰り返していたけれど、無駄だった。

ランチの間、父が話題にしたのは、次女の梅香の中学受験のことぐらい。あとは、ひたすら食べるだけ。「やっぱり、ここのは間違いないな」と目尻を下げて李さん自慢のワンタン麺をすすり、胡麻団子を頬張って、プーアル茶を飲んだ。

時々テーブルまでやってきて油を売っていた李さんはサービスでワンタンをふたつ多めに入れてくれた。おかげでお腹がパンパン。腹筋がないせいか、食べたら食べた分だけ、お腹が膨らむ。こっそりホックをはずしてもまだスカートのウエストまわりが苦しい。

柔らかな陽射しを受けて、街路樹の葉がきらめいている。このまま春に突入してもおかしくない陽気だ。

そういえば、あの子たちはちゃんと食事をしてるんだろうか。昨夜、やっと長女の桃葉からLINEがきた。「カセットボンベどこ？」だって。絵文字もスタンプもなし。みんなで仲良く鍋でもつついていたのか。母親が理由も言わずに家を空けたのに心配している気配もない。

あれっ。

踏み出そうとしたのに左足が重い。ヒールの底が歩道のくぼみに引っかかっている。

もう、舗装くらいちゃんとしてよ。

思い切り足を引き上げた。

「どうした？」

父がふり返る。

「なんだ、踵（かかと）が引っかかったのか」

それだけ言ってまた黙って歩き出した。

こうして父とふたりで歩くのは何年ぶりだろう。子供の頃の父といえば、社会部の警視庁詰めで、仕事、仕事の日々だった。帰りはいつも午前様。たまの休日に食事や映画に行っても、もれなく妹たちがついてきた。柊子が楓子を苛（いじ）めたかと思ったら、傍らで桐子がイジケ始め……。「ユズは長女なんだから、お父さんやお母さんをちゃんと助けるんだぞ」。そう言って隠れて小遣いをくれる祖父の手前もあって、あたしは妹たちのお守りをした。父に甘えている暇なんてなかった。

「……のか？」

一歩一歩坂を踏みしめるみたいに歩きながら父が言った。

「え？」

大通りを走り過ぎていく車の音に紛れ、最初のほうがよく聞き取れない。

「向こうの家でなんかあったのか？」

その場にへたりこみそうになった。

どうしていつもわかりきったことしか言えないの？　なんかあったから、ここにいるはずのないあたしが隣にいるんでしょうが。

「別に、なんてことないわ」

こんな気持ちのままじゃ佐竹の家へは帰れない。だとしたら別居か。でも、桃葉や梅香と離れて暮らすなんて考えられない。じゃあ、どうすればいい？　なんで航平はなんにも言ってこないの？　頭の中がグダグダだ。怒りの迷路に入りこんだみたいに、どうにも収拾がつかない。このグダグダを誰かにわかってほしいのに……。

「他人と暮らすのは大変だからな」

父は自分の言葉に勝手に頷いている。午後の光の中で見る父は、哀しいくらい老いていた。脂気が抜けた皮膚の上には小さなシミが散らばっている。首には深い縦ジワ。穿き古したコーデュロイのパンツにもかなり余裕ができている。

「お父さん、少し痩せた？」

「そうか？」

父がこっちを見た。その瞬間、古い記憶が蘇ってきた。

ずっと昔。あたしがまだひとりっ子だった頃、いや、柊子は生まれていたかも。とにかくあたしは父を独占していた。天気のいい日には肩車をしてもらってこの辺を散歩したっけ。がっしりとした肩にまたがり、木の幹みたいに太い首に摑まっていた。あたしの小さな脚を支えてくれていた力強い手、黒々とした髪――記憶の中の父はとても大きくて頼りがいがあった。いったいいつからだろう。父がこんなに弱々しくなってしまったのは。

「あれだ。年を取ると、このあたりの肉が削げてくるんだ」

父は顎から首にかけての線を撫でおろした。その手つきが亡くなった祖父に怖いくらいよく似ている。

この人ももう六十二歳だ。こうしてふたりで歩く機会はあと何回巡ってくるんだろう。

穏やかな風が、通りのビストロの前にかけられたトリコロールの国旗を揺らしている。

脇道から若い男が出てきた。今っぽい、あっさり塩顔男子だ。こっちに微笑みかけてくる。見ているのはあたしじゃない。隣だ。

「おう」

父は目尻に深いシワを寄せ、片手をあげた。げっ。思い切り頬が緩んでいる。

男が駆け寄ってきた。

「今、ちょうど青龍苑でランチ食べてきたとこなんだよ」

「そうだったんですかぁ」

どこかで見たと思ったら薫さんとの初顔合わせのとき青龍苑で給仕してくれた店員――たしか、シンちゃんと呼ばれていた子だ。

「僕、きょうは遅番なんでぇ」

父は笑顔で頷いた。

「そういえば、あれからどうなった？」

「それがぁ」

シンちゃんがガードレールのほうにずれた。父も脇に寄っていく。

「ひどいんですよぉ、あの人――」

こんなところでいきなり恋バナ？　奇妙に語尾を伸ばす喋り方、なよなよとした仕草。シンちゃんの相手は「彼女」ではなく「彼」だ。

　小太りの女が通りすがりにちらりとふたりを見ていった。

　父はうん、うんと相槌を打ち、「本気で言ってんじゃないだろ」「そういう気分のときもあるさ」などと口をはさむ。

　実の娘の一大事には拍子抜けするほど素っ気ないのに、赤の他人にここまで親身になれるなんて信じらんない。だいたいお父さん、恋愛相談なんて柄じゃないでしょ。

　放っておくと五分でも十分でも話を続けそうな勢いだ。

　あたしの知らない交友関係。

　あたしの知らない内輪話。

　あたしの知らない父の甘い笑顔。

　ふたりの間に割りこむ余地もない。

　胸の奥がざわめき始めた。あたしは柊子とは違う。ここで焼きもちを妬くほどファザコンじゃない、はずだ。でも、ムカッ腹がおさまらない。

「お父さん、あんまりお引きとめしたら悪いわよ」

　シンちゃんの言葉を遮った。無理して笑ったんで頬が引きつる。

「そうだな。じゃあ、あれだ。近いうちにまた店に行くから」

「えー、ゼッタイですよぉ」

お邪魔しちゃって、ごめんなさぁい——シンちゃんは今やっとあたしの存在に気づいたみたいに頭を下げ、去っていった。

なんなの、ペーペーの店員のくせに、無礼にもほどがある。

「さっさと行きましょ」

父は名残惜しそうにシンちゃんの後ろ姿を見送って、とぼとぼとついてくる。

少し先にシエル・ブルの青い看板が見えてきた。

「土産にケーキでも買っていくか」

父が店の前で立ち止まりかけた。

「あそこのチーズケーキはヤツも好きだからな」

ヤツって……。

ニヤけた横顔。いい年して恥ずかしくないの？

「あそこ、すっごく味が落ちたって話よ。スポンジ冷凍し始めてから、あのしっとり感がなくなったんだって」

大股で店の前を通りすぎてやった。

「冷凍しちゃ、ダメなのか」

「ダメに決まってんじゃない。冷凍して解凍するとスポンジがパサパサになるの。あれ食べて美味しいなんて言う人の気が知れないわ。あの店、テレビで紹介されてから、お客がどっと来るようになって。あそこのおじさんってうんと年下の女と再婚したじゃない。その女が欲出して、機械化した結果がこれよ」

お世辞にも美人とは言えないシエル・ブルの若奥さんの顔が、頭の中で薫さんの顔にすりかわっていく。

「あの人が来るまでは、ほんといい店だったのに」

「そうか、ちっとも気づかなかった」

そりゃ気づかないでしょ。娘の苛立ちもわかんないくらい鈍いんだから。

「いらないわよ、いちいち土産なんて。まったくどいつもこいつも。若い相手と暮らし始めると途端に鈍くなるんだから」

地面に言葉を叩きつけるように言った。

ユズ、おまえもあいつが嫌なのか――窪んだ目が悲しそうにこっちを見る。

思わず顔を逸らしてしまった。

少し言いすぎただろうか。

昔、柊子によく言われた。

「ユズ姉の意地悪の仕方ってお母さんそっくり。関係ない人の話を引きあいに出しては、ネチネチ言うんだから。遠まわしな分、インケンなんだって」

あたしだって好き好んで陰険な態度をとってるわけじゃない。できるなら優しくしたい。なのにお父さんったら、いい年して自分よりずっと若い男に夢中になって……。こんなに傷ついて帰ってきてもおざなりを言うだけ。

あたし怒ってるの。傷ついているの。だから優しく慰めてもらいたいの。

ねぇ、お父さん、せめてそれぐらい気づいてよ。義理の母はあたしをいびり、実の母はあたしを捨てて、あたしが甘えられる親はこの世にお父さんだけしかいないの。「いくつになってもここはおまえの家だ。気持ちが落ち着くまでゆっくりしていけよ」それぐらい言ってくれてもいいじゃないの。

足早に進み始めたところで、タッタッタッと硬い足音が近づいてきた。

「なによ、大きなお尻ふって」

ふり向くと柊子が立っていた。きょうもほぼスッピン。顔立ちはそんなに悪くないのに、ほとんど化粧をしない。メイク好きのあたしへのゆがんだ対抗心なのかもしれないけど、土俵を間違えてる。変なとこで闘わないでよ。

「出かけてたの？」

「洗剤やらなんやら、ちょっと買い出しに」

柊子は両手に持ったエコバッグをちょこっと上げて見せた。

「買い物はあの人の分担なんだけど、やっぱり細かいものは他人には任せられないから」

他人という言葉を強調すると、父のほうへ踏み出した。押し出されるようにして、あたしは父から引き離される。

はいはい、わかりましたよ。黙って歩道の端に寄った。

「持とうか」

父は柊子に手を差し出した。

「大丈夫。たいして重たくないし」

柊子は父に寄り添って長年連れ添った夫婦みたいに歩いていく。

そう、昔から父といると必ずこうやって柊子が割りこんできた。究極のファザコン娘の邪魔をしないように、一歩下がって、あたしはふたりのあとを行く。

坂をあがりきったところで左に折れた。日頃の運動不足がたたって少し息がきれてきた。

柊子はふり返って、近所の人がいないかを確認すると声を潜めた。

「ねぇ、そろそろ、そのダウン着るのやめたら？」

父はダウンジャケットの襟元を摘んだ。

「これか？　まだ冬だからいいだろう」

「だからぁー」

柊子は苛立しげに語尾を伸ばす。

「冬とか春とかの問題じゃないんだって。変よ、あの人とお揃いのダウンなんて」

「色違いだ」

「遠くから見たら、紺も黒も同じよ。いい？　お父さんとあの人は、世間的には遠い親戚ってことになってるの。どこの親戚が仲良くお揃い着るのよ？　あの人もあの人よ、平気でそれと同じの着て、この辺うろつくから……」

もっと言ってやれ。もっとキツく、もっとねちねち。

たまには柊子もいいことを言う。

「そうよ。昨日、佐々木さん、あたしに探り入れてきたもの。〝あのハンサムくんは誰？〟だって」

「ほら、やっぱり。だから、ほんとにやめてよね、それ。一緒に住んでるんだから、もうじゅうぶんでしょ。あのハンサムくんとわざわざお揃い着なくても」

「あぁ」

「あぁって、キリ子じゃあるまいし」

柊子は父を肘でつついた。

「お父さん、ほんとにわかってんの？」

「じきに暖かくなったら、な」

「ダメ。今すぐやめて。ご近所の手前だけじゃないんだって。嫌なの、あたしが。そのお揃い見ると、吐き気がすんの」

尖った声がひと気のない道に響く。

「シューちゃんの言う通りよ。いい年して二十も下の男と色違いのダウンなんて――」

みっともないと言いかけたとき、あの鬼ババの顔が浮かんできた。

結婚当初、姑も航平の通勤服を見てよくケチをつけていた。水色のクレリックシャツを着せたら「ドラえもんみたい」、ペイズリー柄のネクタイは「気色悪いゾウリムシ」……。あたしが選ぶものは、なにもかも「みっともなくて」気にくわなかった。それでも航平は聞き流すだけ。あの頃はまだあたしにメロメロだった。

「わかった、わかったよ」

父はやれやれとばかり、肩をすくめた。

「ほんとにわかってんの」

柊子は眉間にシワを寄せたままだ。色違いのダウンじゃなくても、薫さんの選んだものはすべて嫌なのだ。

あたしだって同じ。家族になった途端にイケメンがイケすかない男に変わった。あの男のやることなすこと腹が立って、片っ端から否定しなきゃ気がすまない。鬼姑に嫌気がさして家出してきたのに、実家に戻れば、今度は自分の中の小姑魂が疼き出してくるんだから始末に負えない。

家族って本当に厄介だ。

せっかくあたしが父の隣を譲ってあげたというのに柊子はふんと鼻を鳴らし、少し先を歩き出した。

昼下がりの住宅街は静かだった。広い道をはさんで左右に古い家が立ち並ぶ。昨日は気づかなかったけれど、よく見ると角の家がスウェーデンハウスに建て替わっていた。表札がふたつ。ここも二世帯で住み始めたんだ。

道を右に折れると、塀からはみ出してまで枝を広げる、我が家の桜が見えてきた。

どこかで百舌(もず)が鳴いている。

鳴き声に混じってカサカサと庭を掃く音が聞こえていた。

父が綻(ほころ)ぶように笑った。

「薫だ！」

さっと駆け出し、庭に入って行く。

なんなの、あれ？

男たちの声は塀を越えてこっちまで聞こえてくる。

「ただいま」

「あれ、早かったね。もっとゆっくりしてくれればよかったのに」

「掃除なら、俺があとでやるのに」

父が「俺」と言うのを初めて聞いたような気がした。

「ううん、暇だったし。昨夜、風がすごく強かったでしょ。山茶花の花びらが散っちゃって」

「山茶花は散々花だから、な」

「やだ、幹夫さんったら」

おかしくもない祖父譲りのダジャレに薫さんは笑う。誰が聞いたって遠い親戚の間柄とは思えない、甘さを含んだバリトンボイス。

半開きになったままの門扉の前で柊子と顔を見合わせた。

大きな栗の木の下で　あなたとわたし……

栗じゃなくて大きな桜の木の下で父は竹ぼうきを持って薫さんに寄り添っていた。これ以上はないくらいの笑顔を浮かべて。

数分前とは別人みたいだ。

「たまんないんでしょ。いつもあの調子なんだから」

隣で柊子が憎々しげに言った。

「仕方ないわよ、新婚なんだし」

そうだよね、お父さん、頭の中はずっと薫さんのことでいっぱいなんだ。あたしと食事している間もずっとそうだったんだね。嫁に行った娘のことなんて、もうどうでもいいんだ。

でも、だったら、なんでランチなんかに誘ったわけ？

胸のあたりが重苦しくなってきた。ゆっくりとサビの目立つ黒い扉を押す。

「お帰りなさい」

ダウンジャケットをはおった薫さんがこっちを見て笑った。嫌らしいくらい白い歯、男のくせに赤すぎる唇。

なにかが堰を切った。

ありったけの力をこめて門扉を閉めた。

ガシャンという音に父と薫さんが同時にふり向いた。

立ちすくんでいるふたりのところまで詰め寄らずにはいられなかった。

「それ貸して」

「え？」

熊手をひったくるようにして薫さんから奪いとった。柄の部分が変に温かい。

「どうしたんだ、ユズ」

呆けたように口をあけていた父がきょう初めてあたしの名前を呼んだ。

「どうもしやしないわ。ただ掃除がしたいだけ。どうせ他にすることもないんだし。ふたりで仲良く家に戻ってお茶でも飲んでなさいよ」

こめかみが激しく脈を打っている。

「そんなこと言わずに、僕にやらせてください」

僕のどこがいけないんですか。当惑しきったように曇った目がこっちを見る。

あんたの存在そのものが気にくわないんだって。心の中で毒づいて、熊手を胸に引き寄せた。

「あたしがしたいの」

「でも」

「しつこいわね。早く行って、行きなさいって。昼間っから庭先でイチャイチャされたらたまんないわ」

「行こう」

父は薫さんの肩にそっと手を置いた。

「君子ぶち切れ女に近づかず」ってか。この人は母やあたしや柊子が感情を爆発させると、いつだってそそくさと逃げてきた。

「いいから、ほら」

父に促された薫さんは唇を一文字に結び、踵を返した。

玄関のドアがカタンと閉められた。

桜の木の根もとに茶色く干からびた枯れ葉が折り重なっている。

力任せに熊手を動かした。血管みたいに浮き出た根に枯れ葉が絡みついている。いくら掃き出しても思うように取れない。もう一度かきむしるみたいに熊手を動かす。もう、いや。全然、取れない。

「そんなにしたら、熊手折れるってば」

柊子は父が置いていった竹ぼうきを手にとり、後ろから落ち葉を器用にかき集めた。

「……ありが、とう」

これまで柊子をこんなにも身近に感じたことはない。

10

障子越しに朝の透き通った光が射しこんでくる。

頭の奥が痺れたように重い。

体はとっくに目覚めているのに布団から出ようという気が毛ほどもわいてこない。

手を伸ばすと、ビールの空き缶が倒れた。横にあるスマホを取る。

八時二分か。メールもＬＩＮＥもなし。

ひどい。

航平も桃葉も梅香も、あたしがいなくても平気ってこと？

布団を体にまきつけて寝返りを打った。

目の前の襖にはヨモギ色のツユクサが描かれている。やぼったすぎる柄。あたしが嫁に行く前のままだ。

左端のツユクサの上に色褪せた桜型の紙が貼ってある。中学生の頃、柊子と取っ組み合いの喧嘩をして開けた穴の上から母が貼ったものだ。いい加減、貼り替えろっていうの。それにこの羽根布団。いくら泊まり客がめったに来ないからって湿りすぎでしょうが。たまには、干さないと。柊子ときたら、この家のことを取り仕切っているようでいて、よーく見ると、いろんなことが抜け落ちている。

ため息が漏れた。

この三日間、息ばかり吐いている。これだけ吐き出したら、少しは気分も入れかわっていいだろうに、なにひとつ変わっていない。昨日、庭を掃き終えた柊子が「もういいでしょ」と家に戻っても、気がおさまらなくて草むしりまでした。あとは、この部屋でひたすらふて寝、こんなに寝たのは久しぶりだ。

夕食のとき柊子が「ご飯よ」と襖を開けたけれど、「食欲がない」と言って布団をかぶった。みんなが寝静まってからひとりでお茶漬けを食べ、廊下の向こうの寝室から聞こえてくる父の鼾をBGMに、たいして面白くもない深夜のバラエティ番組を見てたら、またむしゃくしゃしてきて、冷蔵庫に入っていた焼きプリンを食べ、ビールを二缶ばかり空けて寝た。

体中の細胞がストライキを起こしたみたいだ。なんにもする気が起きない。これじゃ桐子じゃないの。

もう一度、寝返りを打った。

和室の隅に置いてある文机の上にペーパーバックが三冊重ねてある。

『The Uncommon Reader』

『Me Before You』
『Pride and Prejudice』
この三日間、背表紙ばかり見ていたから、さすがにタイトルを覚えてしまった。「Un-common」ってなんて訳すんだっけ？　珍しい？　非常識な？　ペーパーバックの脇にある木枠のフォトフレームの中に去年の十一月、みんなで青龍苑に行ったときに写した写真が入っている。薫さんのななめ後ろに立ってにっこり笑っているあたし……。あのときはどうかしていた。なにが楽しくて、あんな笑顔を浮べたんだか。

リビングと襖一枚で隔てられたこの和室は、今では薫さんの休憩室と化していると柊子が言っていた。

不機嫌な小姑にお気に入りの部屋を占領されて三日。あの男もさぞストレスがたまっていることだろう。

かすかな足音がしてきた。ヤカンに水が注がれた。遠慮がちに蛇口をひねっている。薫さんだ。シュッとガスがついた。ミシッと床が鳴る。リビングに別の人間が入ってきた。

「おはよう」

ソファーが沈む。

テレビから司会者の少ししゃがれた声が聞こえてきた。日曜の朝、父が必ず見ている政治討論番組だ。ざらついた紙をめくる音がする。朝刊に目を通しているんだろう。

「ありがとう」

襖の隙間からほろ苦い香りが漂ってきた。

父の寝覚めの飲み物といえば緑茶だったのに、いつの間にかコーヒーになっている。こうしてなにもかもが薫さん仕様になっていく。

「ユズはどうしてる？」

「まだ……」

日韓問題がなんたらかんたらと自説を展開している政治家のダミ声にかき消され、よく聞き取れない。

「そうか」

ため息混じりの声がした。父も薫さんもそれきりなにも言わない。

そうか。たったひと言で、あたしの話題は終了？　腫れ物には触らない。それがふたりの結論ってことね。

――我々は知恵を絞りながら、長い歳月の間に複雑に絡みあった感情の糸を一生懸命に解きほぐしていくしかない。それが外交の宿命ってもんです。そもそも根幹にあるのは、国同士の理解が浅いということで――

テレビの音量がさらに上がった。

隣の部屋で傷ついたあたしが寝てるっていうのに。

カチャカチャとフライパンが動いている。トーストが焼ける香ばしい匂いが漂ってきて、空きっ腹がぐぅっと鳴った。

寝返りを打ち、リビングに背を向けた。

うちの娘たちはきっとまだ寝ている。あたしがいないのをいいことに、昼過ぎまでグダグダしてるつもりじゃないんでしょうね。桃葉はちゃんとバレエ教室に行くんだろうか。

ソファーやラグの上に脱ぎ散らかしたスウェット、食べかけのスナック、洗い桶につけたままの食器。カオスと化した我が家のリビングが見えるみたいだ。

誰かがまた部屋に入ってきた。

柊子？

「おはよう」

父の声がした。返事がない。

荒い足音が近づいてきて、目の前の襖が勢いよく開いた。思わず布団から起き上がった。

「いい加減、起きたらどうよ」

部屋着のスウェットワンピースを着た柊子が仁王立ちになっている。

「なによ、いきなり。襖、開ける前に声くらいかけなさいよ」

「これまで何回、声をかけたと思ってんのよ。きょうでもう三日よ。いつまでそこに居座るつもり？」

女官長のように目をつり上げた柊子は後ろをふり返った。

「お父さん、人が大事な話してるときにうるさいんですけど」

新聞の隙間からこっちをうかがっていた父が慌てて、テレビの音量を下げた。

「朝から嚙みつくみたいな大声出して。うるさいのは、そっちでしょ」

「あたしは言うべきことを言ってるの。泣きそうな顔して家に帰ってきたから、そっとしておいてあげたら、いい気になって。そりゃ、一日なら許すわ。二日目もおおめに見る。でもね、三日よ、三日。もー、我慢の限界よ」

昨日の友はきょうの敵。一緒に庭掃除をして共闘を誓いあったと思ったたっていうのに。父親譲りのぎょろりとした目が挑んでくる。

「そこはうちの客間よ。出戻り女が居座る場所じゃないっ」

「言っとくけど、あたし、出戻ってなんかないわ。ただちょっと……」

唇が小刻みに震えて言葉がうまく出ない。

「そこでふて寝されると、ものすごく迷惑なの。わかってる？　みんな自由にリビングが使えないのよ。ユズ姉の大鼾が轟いて、うるさいったら、ありゃしない」

イビキ？

顔が燃えるように熱くなった。

「ゴーゴー、ゴーゴー二階まで筒抜けなんだから。120デシベルはあるって」

まさかあたしが。

なにかの間違いだ。

「やめてよ、鼾なんて、とんだ言いがかりよ。鼾がひどいのは、お父さんでしょ」

うちの娘たちだって「パパの鼾がうるさい」とは騒ぐけれど、あたしに文句は言ってこない。……いや、もしかして、子供部屋まで響いているのは、航平のじゃなくてあたしの鼾？

「知らぬはユズ姉ばかりなりってね。女性ホルモンが減ってくると鼾ってデカくなんのよ。鼾の親子デュエット聞かされる身にもなってよ。夜中の騒音だけでも腹立つのに、気がついたらあたしがキープしてたビールもキリ子のプリンもなくなってるし」

薄い唇が意地悪くゆがんだ。キッチンには薫さんがいるのに、いや、いるからこそ。柊子は部屋中に響きわたる声でこれでもかと鼾の話を引っ張る。

「自分だって歯ぎしりがひどいくせに」

「あたしの歯ぎしりは部屋の外にいる人にまで迷惑かけません」

「あら、そう。そうね、あんたは隣に寝る人がいないから楽でいいわね」

薫さんに聞こえるように大きな声で言い返し、思い切り襖を閉めた。

「話はまだ終わってないんだって」

一秒もしないうちに襖が開けられた。こめかみに静脈が浮き出ている。

「向こうの家でなにがあったか知らないけど、いい年して、子供じゃあるまいし、いつまでふて寝したら気がすむの？　今すぐ起きなさい、起きて、とっとと帰りなさいよ」

「あたしに指図しないでよ。あたしはずっと、この家の子供ですから。あたしの家で、どう過ごそうと勝手でしょ」

「は？　今さら、なに言ってんの？　あの女が家を出てったとき、真っ先にトンずらした女が。都合のいいときだけ、この家を利用しないでよ」

低い、挑みかかるような声だった。

あたしのことを散々コケにした挙句に「トンずら」ですって。冗談じゃない。十五年前、あたしがどんな気持ちで、航平のプロポーズを受けたと思ってんの。

「言っとくけど、あたしはトンずらなんかしていません。歴史を勝手に捻じ曲げないで。あたしは嫁に行っただけ。いい年して、嫁に行けないあんたにはわかんないだろうけど、他人と家族になるって大変なの。長く結婚生活続けていると疲れることだってあるの」

なのに、みんな寄ってたかって、あたしを邪魔者扱いして、ひどい、ひどすぎる。

「いろいろあって、あたし、ほとほと嫌気がさしたの。心がポキッと折れる前に出てきたの。大人の自己防衛なの。だいたい、いつまでも居座ってんのはあんたでしょ。あんたいくつ？三十六でひとりなんてありえないのに、この家の主みたいに——」

「ふたりとも、もう、やめないか」

父が立ち上がり、割りこんできた。

「お父さんは黙っててよ」

撥ね返すように言った。

「なによ、その言い方は、お父さんに向かって」

「そっちこそ、すぐそうやっていい子ぶる。とにかく、誰がなんと言おうと、ここはあたしの家だから」

そう、嫁に行ったたって、ここはあたしの居場所。

「『ゆっくりしていってよ』とは言われても、『出ていけ』なんて言われる筋合いはないわ」

「誰も出てけなんて言ってないでしょ」

「言ったわ、言ったも同然よ」

「また話を大袈裟にする。そんなんだからユズ姉はお姑さんに苛められるのよ。お義兄さんだって愛想を尽かすでしょうに」

「なんですって、あんたねぇ」

言葉より先に体が動いた。こんなわからずや、ひっぱたいてやる。

「やめてください、ユズ子さん」

振りあげたはずの腕は宙でとめられた。小麦色の大きな手に摑まれて、身動きがとれない。イケメンは三日で飽きたはずだった。でも、間近で見る薫さんは全身にまわる怒りも忘れるほど美しい。この人、ほんとに四十なの？　毛穴レスの艶やかな肌にうっすらと生えた髭。あたしの知らない朝の顔。

「痛いわね、もう。離してったら」

違う。イケメンに騙されちゃいけない。思い切り薫さんの手をふり払った。

大きな目が悲しげに光っている。

やめて、見ないでよ、こっちは眉毛も描いてないんだから。

「すみません、つい……」

薫さんは後ずさりした。

「悪いけど、これはあたしたち、姉妹の問題なの。邪魔しないでくれる？　赤の他人のあなたにとやかく言われたかありません」

腕組みした柊子が薫さんを睨みつける。

「そうよ、他人のくせして。あたしたちの問題に口出ししないで。もとはといえば、あなたがあたしの部屋を勝手に使うから、あたしがここで寝起きしなきゃいけなくなったんじゃない。だいたいね、シュー子がここまでイラついているのも、あなたが原因なのよ。あたしにとばっちりがかかるなんて、たまんないわ。あなたが家に来てか——」

「いい加減にしろって」

耳が張り裂けるくらいの大声がした。

へっ？

みんな呆気(あっけ)にとられて、ドアの前を見た。いつの間にか桐子がそこに立っていた。

どうしちゃったの、この子は？

「ユ、ユズ姉もシュー姉も、なんでいつも……。この家がどうとかこうとか。あたしの家がなんだとか。縄張り争いしてんじゃねーよ。薫さんは、とっくにうちの家族なんだから、キーキーキーキーてまえ勝手なことばっか、ほざくなって。ああ。もう、やだ、もう。あ〜〜〜〜〜〜〜〜〜〜〜〜〜」

桐子は力尽きたみたいにその場にへたりこんだ。いつもは血の気のない顔が燃えるように赤い。大丈夫なの？　全身で貧乏ゆすりしている。

「ユズもシューももうやめないか。キリ子もそんなとこに座りこんでないで、こっちに来なさい。薫、みんなにコーヒーを淹れてやってくれ。そうだ、ユズは紅茶がいいんだよな」

「キリちゃん」

薫さんが駆け寄って、薄い肩に手を置いた。

「まだ終わったわけじゃないから」

柊子は横目であたしをひと睨みすると、ソファーに座った。

父はそれきり黙って、リモコンで音量をあげた。

「隣国だから、似たもの同士だからこそ摩擦が絶えないものです。でも、そこで諦めていたらなにも始まらないじゃないですか――」

テレビのダミ声が静まり返ったリビングに響いている。

11

膝の上にあるスマホは相変わらずビクともしない。真っ黒な画面をのぞきこむと、反射して自分の顔が映った。

うわっ、ブス。この顎のたるみは見なかったことにしよう。

スマホを文机に置いた。よっこいしょ。立ち上がって縁側に腰を下ろした。ここから庭を眺めるのは久しぶりだ。桜の隣で橙が黄金色の大きな実をたくさんつけている。あたしが生まれたときに父が植えた木だ。背丈くらいのイメージだったけれど、いつの間にか見上げるほどの高さになっている。ダイダイねぇ。英語で言ったらビターオレンジ。なんで橙の実はぼこぼこしてるんだろう。

昔よく「ユズって音は好きだけど、なんでダイダイって書くの？　ダサくて嫌」と文句を言っていた。「この木は果実がずっと枝についていて三年ももつの。代々栄えるステキな木なのよ」と教えてくれたのは母だった。

橙の近くには柊。母の思いつきであたしと柊子が生まれたときは同じ名前の木を植えた。でも、たいして広くもない庭だ。橙も柊も予想よりずっと大きくなって、桐と楓は断念した。木といえば、桜と梅くらいしか名前を知らない楓子はたいして気にしてなかったけど、植物図鑑好きの桐子は自分の木がないのが不満だったらしい。

「どうしてあたしの木がないの？」

「あんたはうちの子じゃないから」

いつだったか、柊子がからかうと、大人しい桐子が火がついたように泣き出した。

「あたしは絶対うちの子です」

昔からあの子は突然キレるんだよね。さっき顔を真っ赤にして叫んでいた妹の姿がよぎる。なにをあんなに怒っていたんだか。止めに入った薫さんを邪険にしたのが、そんなに許せなかったのか。

「薫さんはうちの家族なんだから」

心底、薫さんのことを「家族」と思っているのなら、それはそれでいいけれど。小さい頃から、欲しいものがあっても、じぃーっと指をくわえて我慢しているような子だった。同じ気持ちで、今は父のパートナーを見つめているとしたら……。なんだかやりきれない。

「ユズ子さん、ちょっといいですか」

襖の向こうで低くよく通る声がした。

どうしよう。

朝の大喧嘩からもう二時間近く経っている。冷ややかな態度を取り続けるのはさすがに大人げない。

襖を開けると、黒いエプロンを腰に巻きつけた薫さんは何事もなかったかのように微笑んだ。

「あの……。よかったら僕に恵方巻の作り方教えてください」

「え？」

「最近、シュー子さんと家事を分担しているんですけど、きょうの昼は僕の担当なんです。きょうは二月三日だから」

すっかり忘れていた、きょうは節分だった。あたしとしたことが。スマホを開くたび日付を目にしていたはずなのに、少しも思い出せなかった。

「前にキリ子さんが、うちの太巻きはアナゴ入りだって話してたんですけど、味付けがよくわからなくて。砂糖と醬油とみりんを入れた煮アナゴでいいんでしょうか」

ダイニングテーブルの上には大きなボウルや巻きすが置かれている。

「今から作るの？」

「ええ。酢飯用のごはんは、もうすぐ炊きあがります」

「手伝うわ」

薫さんは大きな目を見開いて、すぐに首を横に振った。

「いえ、そっちでゆっくりしていてください」

「もうじゅうぶんゆっくりしたから」

キッチンをのぞくとトレイにアナゴが並べてあった。

「うちの太巻きはね、煮アナゴじゃなくて焼きなの。味付けは醬油と酒。十分くらいタレに漬けたのをカリカリに香ばしく焼くの。母が出て行ってからシュー子がこっちにしようって。

あの人は甘い味付けが好きだったから、きっと忘れたかったのね。シュー子の太巻き、あたしはお嫁に行く前に二、三度食べたきりだけど、これがけっこうイケるのよ。キリ子やフー子の誕生日にも作るの。シュー子の得意料理だけあって味もあの子の性格そのまんま。甘さゼロ。向こうの家で作ってみたら、姑もなぜかハマっちゃって」

「まあまあじゃない」。そう言いながら、目尻を下げて恵方巻にかぶりつく姑の顔がなぜか浮かんでくる。

長女の桃葉が生まれた頃から、恵方巻が流行り出した。コンビニが仕掛けたブームだろうと思っていたけれど、新しもの好きの姑のひと声で、佐竹の家でも毎年のように食べるようになった。

今年の我が家は恵方巻なしの節分か。

ボウルに分量の醤油と酒を入れて渡すと、薫さんはその中にアナゴを漬けた。

「シュー子さん、辛口が好みなんですね」

「そう、だから桜デンブもなしなの。あ、卵焼きも砂糖はちょっとだけね。カマボコはある？」

「ええ」

薫さんは冷蔵庫からカマボコを取り出してきた。

「カマボコは湯どおしするだけ。あとはホウレンソウ。これもあっさり塩味。干ししいたけの味付けはあたしに任せて」

「ありがとうございます。聞いてよかった。もう少しで、甘い恵方巻作るところでした」

「そうね、甘いの出したりしたら、シュー子、それこそ赤鬼みたいに怒るわ。薫さんも一日に二度もキレられたらたまんないわよね」

思わず目があった。やだ、あたしったら。自分もしっかりキレたくせに……。

「さっきは悪かったわ。あなたに当たってばかりでごめんなさい」

薫さんは伏し目がちに微笑んだ。

「いいんです。キレられたほうが」

「それ嫌味？」

慌てて薫さんが首を振る。

「そうじゃなくて。僕ひとりっ子だったし、両親が早くに亡くなって、年とった祖母とふたりで暮らしてきたから。いつもどっかで気を遣っていて、本音で家族とぶつかりあったことってないんです」

「あら、お互いを思いやれるなら、そっちのほうがいいに決まってるじゃない。だって――」

「そうでしょうか」

薫さんは静かに遮った。

「『思いやらなきゃ』って自分に言い聞かせながらストレス溜めているより、思い切り毒を吐き出したほうが、健やかな気がするけど……」

またキレイごと言って。

「こんなにぶつかりあってばかりいるのにどこが健やかなの？」

「本音でぶつかりあえてこそ家族なんじゃないですか。僕だって、すぐにこの家に馴染めるとは思っていません。今度またなんかやらかしたら、きっともっと文句を言われて……。そのうち、こっちもプツンとキレることがあるかもしれない。そのときは我慢せずに言いたいことを全部言うつもりです」

大きな瞳が微笑みかける。

「言うだけ言ってガス抜きしたら、またやり直せる。少しずつだけど、そうやって家族になっていくんじゃないかな。幹夫さんと、その娘さんたちとだったらそれができる、そう思えたから僕、この家に来たんです」

どうしてここまで家族の未来に希望を持てるんだろう。

愛されているから？

航平と結婚した頃は、あたしもこんな目をして、佐竹の家で暮らしていたような気がする。

「口ばっかりじゃなくて、手も動かしたら。アナゴ、そろそろいい頃よ」

「あ、いけない」

薫さんがアナゴをグリルに並べ始めると、インターフォンが鳴った。

「あたしが出るわ」

ボタンを押してモニターをのぞいた。

ウソ、なんで？

義母、航平……三代にわたって引き継がれた細い目がこっちを見ている。

「梅香！」

小走りで玄関に行った。ドアを開けると、梅香がニッと笑った。

「どうしたのよ、いきなり」

「ママが帰ってこないから迎えに来てあげたんじゃない」

「パパは？」

来ないの？

「お姉ちゃんをバレエ教室に送ってから来るって」

訳知り顔で梅香が笑った。

「とかなんとか言ってるけど、ほんとはここに一緒に迎えに来るの、バツが悪かったんじゃないの。まずはあたしを送りこんで——」

廊下の向こうの襖があいた。

「おお、久しぶり」

父は目を細めて孫を見る。

「おじいちゃん、こんにちは。大きなお荷物、収集にきましたぁ」

お荷物？　あたしが。

失敬な。腹が立つのに、三日ぶりに見る梅香を抱きしめたくてしょうがない。

「ま、あがりなさい。梅ちゃん、また背が伸びたんじゃないのか」

「やだ、そんなに伸びるわけないでしょ。だいたい久しぶりって言ったって、お正月に会ったばっかりじゃん」

「その言い方、お母さんにそっくりだな」

「えー、やめて」

父は梅香の背を押すようにしてリビングに入っていった。

やっと……。やっと迎えに来てくれた。どこかでほっとしているあたしがいる。

「こんにちは。あれ。なんかいい匂いがするぅ」

梅香はテーブルの上を見て言った。

「あ、恵方巻作ってるんでしょ」

「梅香ちゃんも食べていってね」

娘たちには、「遠い親戚」ということにしてある薫さんがアナゴの火加減を見ながら言った。

「やった。これ、お祖母ちゃんにも少し持って帰っていい？」

「いらないわよ、お土産なんて」

「いいじゃない、仲直りのしるしに」

梅香はあたしを家に連れて帰る気でいるけれど、まだそう決めたわけじゃない。決めたわけじゃないけれど……。

「お祖母ちゃん、反省してたよ、ちょっと言いすぎたって。昨日はパパにずっとお説教してたし。ねぇ、もう許してあげなよ。パパもたっぷり絞られて、すっごい落ちこんでたよ。あ、でも、全然ケッパクなんだって。心がまったく動かなかったって言ったらウソになるけど、浮気未満のコーイだとか——」

「や、やめなさい、こんなところで」

ソファーに座っている父も、キッチンに立つ薫さんも、耳をそばだてている。

今まで黙っていたっていうのに。梅香のこの空気の読めなさは絶対に祖母譲りだ。

「あれ、みんな知らないの？　パパの不倫疑惑」

ダイニングチェアに腰を下ろしながら梅香が言った。

「あんたこそ、なんでそんなこと知ってんのよ？」

いたたまれなさで耳まで熱い。

でも、胸の底で、しこっていたものは少しずつほぐれていく。

「だって、お祖母ちゃんの声、デカいんだもん。階段のとこで、ずっと聞いてたの。疑わしきは罰さずだって」

「い、罰さずじゃなくて罰せず」

柊子が入ってきた。きっと、廊下で立ち聞きしていたんだろう。

「梅ちゃんったら、随分大人びた口きくようになったのね。ちょっと見ない間に、背もまた伸びたみたいだし」

「だってもう小五よ、あたし。それよかシューおばちゃん」

柊子は梅香を横目で睨んだ。

「おばちゃんじゃなくてお姉ちゃんでしょ」

口もとは笑っている。あたしとは犬猿の仲なのに、なぜかあたしの娘とは気があう。

「お姉ちゃん、これ食べていい？」

梅香は柊子に向かって、甘えるようにカマボコを指さす。

「ダーメ。全部できてから。そうだ、あたしキリ子呼んでくる」

「シューちゃん、待って」

「なによ」

「ここは薫さんが行ったほうがいいかも」

柊子は横目でちらりとキッチンの薫さんを見て頷いた。

「呼んできてもらえますか？」

小姑もさすがに反省しているのか、素直に従った。

薫さんが二階へ上がっていったのを見計らって、梅香が囁いた。

「あの人、何度見ても、チョーイケメンだよね。遠い親戚って、あたしたちは血はつながってないの？……ないよね、あんなイケメン、うちの家系にはいないし。あたし、中学になったらあの人に英語、教えてもらいたいな」

父がニヤついている。

「梅ちゃんったらママを迎えにきたんじゃなくて、ホントはあの人、見にきたんでしょう」

柊子の言葉に梅香は肩をすくめた。

「バレた？」

ピーッと炊飯器が鳴った。

「ごはん炊けたわ。さあ、酢飯作るわよ」

「きょうは薫さんの当番じゃなかったの」

決め事が大好きなはずの柊子は首を横に振った。

「そうだけど。みんな揃ったんだし、そんなきちきちしなくてもいいでしょ。さあ、思い切り酸っぱいの作るわよ」

「今年の恵方はカノエなんだって。ねぇ、どっち向いてかじればいいんだっけ？」

梅香が指で恵方巻の形をつくって首を傾げた。

「カノエねぇ……。ユズ姉、庚(かのえ)ってどっちだっけ？」

「そんな急に言われても知らないわよ、そんなの」

「西南西はあっちですよ」

リビングの窓を指さしながら薫さんが入ってきた。その後ろで桐子が俯いている。

第四章　楓子の災難

12

探し物は、レジ近くの野菜売り場にあった。

ぱっくり半分にカットした白菜と長ネギが並ぶ棚の前にレトルトパックに入った「鍋の素」が何種類か置いてある。

えー、どれにしよう。

昔流行ったJ-POPをゆるくアレンジしたBGMが流れている。

楓子はカゴ片手に「ごま豆乳鍋の素」と「キムチ鍋マイルド」を見比べた。隣で同い年くらいの女がキャベツをカゴに入れている。上半身にコアラみたいにへばりついた赤ん坊がぐずり出した。

うるさいなぁ、もう。そもそも、なんであたしが鍋の用意なんてしなきゃなんないわけ？

ヒロくん――館野啓之（たてのひろゆき）と会う日は、いつも外食だ。きょうだって目黒川沿いに出来たばかりの日本酒バルに行くはずだった。食べログ3・8っていうから、すっごく楽しみにしていたのに。夕方になって、ヒロくんから緊急の会議が入って抜け出せなくなったとLINEがきた。

〈流れでちょっと飲んでくるかも。ごめん、店はキャンセルしとく。遅くはならないから、家でなんか食わせて〉

編集部のいちばん奥にある編集長席にのけぞるようにして座っていたヒロくんは、こっちを見て小さく頷いた。

〈了解。待ってるね♡〉

にっこり笑って即レスしたにはしたけど、そんな急に言われてもさぁ……。家で食べるものといえば食パンかグラノーラ、あとはバナナくらい。そのあたしになにを作れって言うんだろ。頭が真っ白になったところでシンクの下で眠っている卓上コンロと鍋が浮かんできた。シュー姉がこの家に越してくるときにくれたやつだ。誰も頼みもしないのに母親面して「地震とか停電とか緊急時にこれあると便利だから」とかなんとか。貰ったときは、こんなの死んでも使わないって思ったけど、仕方ない、きょうはあれを使ってやるか。

だけど、鍋を作るとなると……。考えてみたら家にはロクな食器もない。校了明けでヒマだったから編集部を早めに出て、駅ビルの雑貨屋で具材を入れる大皿と取り分け皿、おたまを買った。しめて六千八百円。おたまなんて、柳宗理（やなぎそうり）デザインのやつで二千五百円もした。たった一日の登板とはいえ、ハンパなのは選びたくないし。あーあ、もったいない。

男が部屋に来るのは大歓迎だ。そのためにひとり暮らしを始めたっていってもいいぐらいだし。でも、料理を作って待つとなると、話は別。そんな所帯じみたことはしたくない。

編集部のミキティや奈美枝（なみえ）さんの顔がちらっと頭をよぎった。あの人たちみたいに、結婚したくて焦りまくってるんなら、きょうみたいな日は男の胃袋を掴む絶好のチャンスだ。クックパッド見てあれこれ作って女子力をアピールするんだろうな。

あたしは、そうまでして男にがっつきたくはない。駆け落ちした女のDNAのせいで、結婚願望とかないし。ひとまわり年上のヒロくんもバツイチで当分気ままなひとり暮らしを楽しみたいみたい。つきあって一年ちょっとしか経ってないし、先のことなんて考えず、キュンキュンできる恋に浸っていたい。家メシなんてほんと面倒&貧乏くさくて嫌なんですけど。

このまま野菜売り場の前で突っ立っていても仕方ないから、パッケージの裏側の「作り方」を見た。用意する食材が少なくてすむのは……。「ごま豆乳鍋」だ。

「たっぷり入ったゴマの風味と、豆乳のコクと昆布のだしがあわさったまろやかなスープで食が進む！」って書いてある。キムチ鍋だと部屋が臭くなるから、決めた、これにしよ。目についた白菜をカゴに入れた。長ネギにエノキも買っとこ。春菊はあんまり好きじゃないからナシ。それから……。パッケージの裏側をもう一度見た。そうそう豆腐。通路を隔てたところにある冷蔵品売り場に行った。

コートの上からも冷気が伝わってくる。冬のスーパーってこれだから嫌なんだよね。寒すぎ。こっちまで冷蔵されているみたいな気分になってくる。逆サイドの乾物が並んでいるほうに寄った。手だけ伸ばして、目についた絹ごし豆腐とうどんをカゴに入れる。

コーナーを曲がって奥に進むと、肉売り場の前で大学生っぽいカップルが豚肉を吟味していた。女はフツーっぽい、てか、かなり地味顔だ。カゴの中には、ニラと卵と発泡酒六缶パック。

THE NORTH FACEのリュックを背負った彼氏はさらっと目鼻が整ったなかなかのイケメンだ。横目でチェック。視線が下におりていく。華奢（きゃしゃ）な腰まわり。脚も棒きれみたい。若い男って、どうしてこんなに細いんだろう。腹まわりにほんのり脂がのった四十三歳の男の体をいつも見ていると、体脂肪が少なすぎるのって、なんか物足りない。

「これでいっかな」

男は女が取り上げた豚肉のパックを手にとってじっと見つめた。

「グラム百九十四円って、高くね？」

パックを棚に戻し、黄色に赤字で30％引きシールが貼ってあるのを嬉しそうに持ち上げた。

「こっちでよくね？」

うわっ、セコっ！

男の整った横顔が急にしみったれて見えてきた。そういえば、昔いたな。タイムセールの時刻を目指してスーパーに行く男。外食のときも、注文のたびに値段を気にするのが嫌で半月で別れたっけ。

「すみませーん」

あたしは、あなたたちとは違いますから。脇からすっと手を伸ばして、百グラム二百八十円のいちばん高い豚バラ肉を取った。


BGMはヒロくんおすすめのマルーン5。仰向けになってスマホで2ちゃんを見てたら、ありえないいくらいの大音量でお腹が鳴った。

とっくに九時をまわっているのに、ヒロくんはまだ来ない。

ったく、どこでなにしてんだか。

会議の後となると、バブル臭ぷんぷんの編集局長も一緒のはず。流れで飲んだついでにキャバクラってコースか。ニヤけたヒロくんの顔を想像しただけでムカつく。あたしをこんなに待たせといて、ちゃらちゃら遊んでくるなんて信じられない。あー、もう。でも、ここは我慢。上司とのつきあいも仕事といえば仕事だし。

ふだんはワガママに見えて、肝心のところでは理解があるいい女――このイメージは大切にしなきゃ。

一分も経たないうちにまたぐぅーと情けない音がした。

そろそろ限界だ。

リモコンで部屋の温度をピピッと上げて、ベッドから起き上がった。四・五畳のキッチンに移動して冷蔵庫からビールを一缶取り出す。こういうとき、ジェルネイルって本当に不便だ。てか、中指の先がほんの少し剝げてるし。そろそろネイルサロンに行かなきゃ。

百均で買ったプルトップオープナーで開け、立ったまま、まずはひとくち。うまっ。空きっ腹にビールが沁みていく。

ダイニングチェアに腰を下ろした。野菜を盛った大皿が小さな丸テーブルからはみ出しそうだ。不揃いに切られた白菜やら長ネギを見ていると、つくづくあたしって家事に向いてないんだなって思う。これだけのことをするのに、三十分以上かかったし。ま、だからって落ちこむわけでもないんだけど。

ビールをもうひとくち飲みかけたところで、今度はお腹じゃなくて口笛が鳴った。

なに？　一瞬ビクッとした。さっきヒマすぎてＬＩＮＥの通知音を変えたんだった。ヒロくんから？　急いでベッドの上のスマホを見たら、違った。

シュー姉か。

思わずベッドにへたりこんだ。

〈お雛さまを飾ったから、今週末とか見にくれば？〉

そっか。明日で二月も終わりか。

別に今、連絡してこなくてもいいだろうに。ったく。このタイミングの悪さって、あたしとシュー姉の相性の悪さに比例するよね。

だけど……。

仰向けになってもう一度、メッセージを読み返した。あの人も毎年飽きずによく飾るよなぁ。うちのお雛さまは、ユズ姉が生まれた年に、母方の祖母が買ってくれたやつだ。ユズ姉は初孫だったから、相当気合いが入っていて、何十万もする、人形の久月の豪華七段飾りだ。

折り畳み式の雛壇を組み立てるのも大変なのに、ミニチュアの扇子やら刀、太鼓を持たせてお人形たちの身支度をしていたら、飾り終わるのに半日はかかる。あたしにはムリ。

シュー姉って今年三十七、いや三十八だっけ？ もしかして「お雛さまを飾らないと嫁に行けない」って迷信、マジで信じてたりして。てか、ご利益があるんだったら、とっくに嫁に行ってるし。

お雛さまっていえば、幼稚園の頃、こっそりいじってて、五人囃子（ごにんばやし）のタイコだったかツヅミだったかを壊したことがあった。怒られるのが嫌でキリちゃんに罪をなすりつけたら、シュー姉がみんなの前であたしをとっちめた。ガリ勉のシュー姉はちょうど眼鏡をかけ始めた頃で、ツルをちょっと持ち上げて「そんなはずはない。犯人はフーちゃんだ」って、名探偵きどりだった。あの人、昔からウザかったんだよなぁ。

ピンポーン。

待ちに待った音が部屋いっぱいに響いた。

ヒロくんだ。

待たされた怒りも嫌な記憶も吹っ飛んでいく。

急いでドアフォンを取ると、モニターいっぱいにちょいヒゲの男が映っている。やっぱ、結構飲んできたみたい。顔が赤いし、切れ長の目がトロンとしている。

「オレ」

って、見ればわかるし。でも、律儀に言うところがかわいい。

「はーい。いま、開けまーす」

解錠ボタンを押す人差し指が弾む。エレベーターはないから、三階のこの角部屋まで上がってくるのに約一分半。玄関前で待ってよ。忠犬フー公♡

ドアを開けると向こうから階段を上がる音が聞こえてきた。5、4、3、2……きた。

廊下の先にマルタン・マルジェラのライダースジャケットをはおったヒロくんが姿を現した。どっからどう見てもギョーカイ人。

「おう」

片手を上げて、微笑む姿がキマってる。

「遅くなっちゃって」

うわっ、酒臭い。

「ううん、思ったより早かったんだね」

なんてね。思ってもないことを口にして、余裕の笑顔を作って見せた。

「豆乳鍋、用意しといたよ」

ドアを閉めながらそう言うと、ヒロくんはちょっと眉をしかめた。

「豆乳？　うーん、チチはいらないんだけど」

「え？」

「豆乳あんまり得意じゃないんだよね。アテもけっこう食ってきたし。悪いけど、湯豆腐にしてくんない？」

「そう、……わかった」

ほっぺたのあたりが少し強張る。

湯豆腐っスか。いきなりメニュー変更。単純すぎるレシピって、かえってプレッシャーなんですけど。美味しくするにはどうすればいいんだっけ？

ビミョーな動揺が伝わったのか、ヒロくんがしょうがねぇな、とばかり肩を上げた。

「だし昆布ぐらいあるだろ？」

ないよ、そんなもの。

いや、待って、あった。

前に実家に帰ったとき、シュー姉がくれたんだった。「これあるとなにかと便利だから」とか言って。年に一度くらいは、あのお節介者も使える。

「あるにはあるけど」

ちょっと上目遣いで言うと、ヒロくんは頷いた。

「それ出してくれたら、あとはこっちでやるから」

そういえば……。

「ポン酢、切らしてるんだけど」

「いいよ、ないなら醤油で」

よかった。さすがO型、ざっくりしている。

ヒロくんはライダースジャケットをダイニングチェアの椅子の背にかけながら言った。

「知ってた？　オレ、湯豆腐マスターなんだよね……と、まずはとりビー」

とりあえずビールを略して言うのはおやじだからか、それともギョーカイのノリなのか。

あたしの飲みかけのビールをひとくち飲んで「気が抜けてる」と口をへの字に曲げた。

「冷えたのあるけど」

「いや、あとでいい」

ヒロくんはトートバッグからアメリカンスピリットを出すと、一本抜き出して火をつけた。親指と人差し指で根っこの部分を摘み、ゆっくり煙を吐き出している。ニオイが残るから部屋でタバコ吸われるのは嫌なんだけど、あんまり美味しそうに吸うんで、ま、いっかって許してしまう。中年のシブい男が吸う姿って絵になるし。ちょっとだけ眉間に寄るこのシワがたまんない。

「おしっ」

タバコを灰皿に押しつけると、ヒロくんは推定七万円のシルクカシミヤのニットを腕まくりした。

「じゃ、昆布多めにくれる？　湯豆腐は昆布が命！　だから」

シンクの上の棚から昆布を取って渡した。

「お、いいねぇ。羅臼昆布じゃねぇか」

封を切って、屋根瓦みたいな色をした昆布をベキベキ折って鍋に投入する。

「ほんとはしばらく水に浸したほうがいいんだけど、きょうは時短ね、時短。あと、塩も」

「塩もいれるの？」

「そーゆうこと。味付けっていうより、豆腐をより軟らかくするために、な。こうすっと、豆腐の中のカルシウムとたんぱく質が固くなるのを抑えてくれるわけ」

塩をふりかけながら解説は続く。

「食卓塩」ってこの赤字のダサい容器、いまいち。せっかくなら、イタリアとかフランスとか、もっとオシャレな塩を差し出したかった。

「さすが湯豆腐マスターだね」

「まあねって……、ほんとはさ、前にうちの雑誌でモテメシ特集やったときに、どっかの料理評論家が言っててさ。その受け売りだけど」

ヒロくんは大皿に並んだ豆腐を滑らすようにして鍋に入れ、コンロに火をつけた。

「長ネギとか入れないの？」

「それはあとから。いっか、湯豆腐の主役は豆腐にあらず。豆腐に沁みこんだ昆布の旨みを味わうためにこの料理はあるんだ」

自分の言葉に頷くと、腕組みをして、鍋の中でゆらゆらする豆腐を見守っている。

「湯豆腐をグラグラ煮立てるやつは、バカだぞ。昆布からえぐみが出ちゃうからね。温めすぎないのがポイントなんだ……おしっ、これ、醤油なしで食ってみ」

ヒロくんがよそってくれた豆腐をひとくち食べてみた。

「美味しい」

空きっ腹だからか、ヒロくんと一緒だからか、それとも本当に塩の効果があったからか、わかんないけど、これまで食べてきた湯豆腐よりずっと深みがある。ふるふるに軟らかくって、大豆のほのかな甘みと昆布の旨みがじんわり伝わってくる……ような気がする。

「すごーい、こんなに美味しい湯豆腐食べたの初めて！」

「だろ」

ヒロくんは目尻を下げて、豆腐を口に入れた。

「すごい」「こんなの初めて」「あなただけよ」の三語は男のプライドをくすぐるってＦｌｅｕＲに書いてあったけど、ホントみたい。苦しゅうないって感じで、ヒロくんの鼻の穴が膨らんでいる。男っていくつになっても単純なんだから。

「うまっ。うん、なかなかうまく出来たな。ワイン飲みすぎちゃったけど、この澄んだ味でかなりリセットできるよ」

「そういや、きょうの会議、いきなりの招集だったよね。二次会も長かったし、なんだったの？　人事かなんかの相談？」

湯豆腐をつついていたヒロくんの手が急に止まった。

なんで？

流れでなんとなく訊いただけなのに。

「どうかした？」

「いや……。そうだ、ビールくれる？」

「いっけど」

冷蔵庫からキンキンに冷えたビールを出して渡した。ヒロくんはすばやくプルトップを開け、缶を傾けた。なんで一気飲み？　さっきワインを飲みすぎたって言ったばかりなのに喉仏を勢いよく上下させている。

「マジでどうしたの？」

ビールをテーブルの上に置き、ヒロくんは人差し指で鼻の頭を掻いた。

やな予感。この人がこの仕草をするときってロクなことを言わない。

「実は、まだオフレコなんだけどさ。絶対に誰にも言うなよ」

「なによ、急に。ナイショって言われたら、言わないってば」

数秒の間があった。

「FleuRは休刊だ」

「え？」

「休刊」の二文字がみぞおちあたりに突き刺さる。

ウソでしょ。

全身から血の気がひいていく。

最近部数が落ちてきているとは聞いていたけど、まさか休刊になるなんて。あまりのことで言葉が続かない。

「あと二号でなくなるから」

ちょっと待ってよ。そんなのすぐじゃん。

余命宣告を受けた編集長は、伏し目がちに残りの豆腐を鍋に入れている。

なんでこの人、こんな大事なときに呑気（のんき）に湯豆腐なんて作ってんの？　あたしが話題にするまで、休刊の話、隠しておくつもりだったのかよ？

目の前の赤ら顔を見ていたら、怒りが煮えたぎってきた。

「なくなるって、これからどうなんのよ？」

「編集部は二ヶ月後に解散する。で、編集部員は来月、希望の部署を募ってそこに異動だな。うちは潰れた雑誌の社員には優しいから、よっぽどのことがない限り、第一希望が優先されるんだよ。オレはお決まりのコース。新雑誌準備室に行くことになる」

サイアク。みぞおちにダブルパンチ。

「新雑誌準備室」なんて名ばかりじゃん。実際はチョー窓際。編集会議っていっても、たらたら与太話をするだけ。毎日ヒマで、経費だってじゅうぶん使えない。〈一冊、雑誌をつぶすと三年は新しい編集部で働けない〉これって花房新社の暗黙の了解だ。そんなしょぼい部署にヒロくんが島流しになったら、アルバイトのあたしはどうなる？

「新雑誌準備室にあたしも連れてってもらえるんでしょうね？」

語尾が震える。

ヒロくんは、眉間にありえないくらい深いシワを寄せてうーんと唸った。なんだよ、そのわざとらしい顔は？

「そりゃ連れて行きたいのは山々だけどさ、新雑誌準備室って何人だと思う？」

なんであたしの質問に質問で答える？

「知らないし、そんなの」

　連れて行くのか行かないのか、はっきりしろって。

「オレ入れて三人しかいないんだよ。あの部署になるとアシストがいるほど仕事もないし……」

「ないしって。だから、なんなの？」

「いや、だから、連れて行くのはちょっと……。ただでさえ、オレとフー子のこと、出版局でウワサになってるから」

「お互い独身だし。つきあってなにが悪いっつうの？」

「そーなんだけど、トウシロに毛が生えたアルバイトに編集ページを任せたりするのはいかがなものか、オレは雑誌を私物化しすぎだって、局長にさんざん嫌味言われちゃってさ」

「トウシロで悪かったわね」

　ふざけんなよ。気がついたら、テーブルを思いっ切り叩いていた。

　編集部がなくなったら、あたしのことポイ捨てですか。それってひどくない？　てか、ありえない。「せっかくだから記事でも書いてみたら？」って勧めてきたのは、そっちじゃない。「四月になったら、なんとか誤魔化して契約記者にしてやるよ」ってワイングラス片手に調子のいいこと言ったのだってそっち。「契約記者になったら保険もあるし、ボーナスだって出せるし」とかなんとか。ヒロくんの言葉、全部、真に受けてあたし、家族にも「契約記者」ってことにしてるのに、どうしてくれんの？

あー、もうとまらない。チョー高速で言葉がついて出る。

「おい、そんなにキレるなよ」

「キレるでしょ、フツー。鍋ぶっかけられないだけ、ありがたいと思えって」

「オレだってツライんだよ。副編でFleuR始めてようやく編集長になって、オレのカラーを雑誌に出せるようになってきたところでいきなり休刊だもん」

なんだよ、いい年した男が上目遣いであたしの同情、引きたいわけ？　そんなの無駄だから。いくらツラそうな顔したって、所詮、こいつは社員だ。三年我慢すれば、またどっかの編集部に復帰できる。なにより、窓際に行ったって、毎月、ありえないくらい高いお給料を貰える。花房新社っておっきな会社にちゃんと守られてる。

それよりも悲惨なのはあたしだって。二十五万の給料もぱぁー。ヒロくんがくれてたタクシー券もなし。みんなにナイショで展示会についていって新作の小物や化粧品貰うのも、パーティーに同伴して有名作家と名刺交換するのもなし。ハイブランドのシークレットセールのお誘いだってなくなる。あたし史上最大のバブルはFleuR休刊とともに強制終了。さよならバラ色の日々。こんにちは、職探し&カードローン地獄。真っ暗すぎて先が全然見えない。

じわっと涙が溢れてきた。

「雑誌がなくなったって、別にオレたちの仲が変わるわけじゃないんだし」

テーブル越しに伸びてきた大きな手を思い切りふり払った。

変わるよ、なにもかもおしまい！

目の前で、鍋がぼこぼこ泡を立てて煮立っている。

13

ショートケーキ、ミルフィーユ、ガトーショコラ……。ショーケースには定番のケーキが七、八種類並んでいる。人数分のカットケーキにするか、それともホールにするか、迷った挙句、テレビでも紹介されたことのあるチーズケーキをホールで買うことにした。

二千八百円。これ払っちゃうと、財布の中に千円札が二枚しか残らないけど、ま、いっか。ここのチーズケーキは薫さんもお気に入りだし。

「これくださぁい」

ショーケースを指さすと、オーナーの山下(やました)さんが目尻を下げて頷いた。もともと垂れ目なんで、色黒の恵比寿さまみたいだ。

「しばらく見ない間に随分キレイになっちゃって」

そっちはしばらく見ない間に随分薄くなっちゃって。半年くらい前、ここに来たときはコック帽をかぶってて気づかなかったけど、山下さんの後頭部は、すだれ化していた。

「相変わらずお元気そうですね」

愛想笑いを浮かべて、ショーケース越しに五千円札を渡した。店の奥でケーキを包んでいた奥さんがこっちを見てる。出目金みたいな目が舐めるように上下する。やな感じ。別にあんたのダンナになんか興味ないって。

「毎度。また顔、見せてよね」

背後の奥さんの視線に気づかずに山下さんは満面に笑みを浮かべておつりとケーキを渡してくれた。

店を出て脇道に入ったところで、風が吹きつけてきた。ひんやりしてるけど、どことなく春っぽい。っていっても小さい春見つけた♡なんて気分じゃない。手もとでシエル・ブルの青い紙袋がカサコソ揺れる。

やっぱり二千八百円の出費は痛かったかな。FleuRが休刊したら、無職になってしまう。貯金は、ほぼゼロ。これからどうやって家賃八万五千円を払っていけばいいんだろ。カちゃいけないってわかっていても節約しなけりゃいけないってわかっちゃいるのに、惨めなときに限って余裕を見せたくなってしまう。武士は食わねど、高楊枝ってやつ？　あれ、意味違ったっけ？

シュー姉って変なところで鼻が利くっていうか、人の不幸にだけは敏感だから。あの人だけには、絶対にバレないようにしなきゃ。FleuRが休刊になるなんて知ったら、鬼の首でも取ったみたいにあたしに説教を始めるに決まっている。「だからあたしはマスコミなんてやめて、もっと地道な仕事選びなさいって言ったのよ」とかなんとか。

あー、メンドクサ。

昼下がりの通りはひと気がなかった。ゆるやかな坂を上っていく。ななめ前の家のカーポートに白いBMWが停まっている。やだな、これ。ヒロくんと同じ車……。傍らのこじゃれた家の庭先では鈴なりに黄色い花をつけた枝がゆらゆらしている。

♪アカシアの雨に打たれて
　このまま死んでしまいたい

頭の中で音楽が鳴り出した。

一緒にカラオケに行くと「昭和縛り」で歌いたがるヒロくんが教えてくれた西田佐知子（にしださちこ）の歌。最初は「ダサッ」と思ったけど、けっこう泣かせる歌詞で、先々週も熱唱したばかりだ。

って言っても、今は昔。もうあの人とカラオケに行くこともない。

♪冷たくなった私を見つけて
あのひとは涙を流してくれるでしょうか

賭けてもいい。ヒロくんはあたしが死んで冷たくなったのを見つけても絶対に涙なんか流してくれない。四日前に喧嘩別れして以来、まったく連絡なし。LINE送っても既読スルー。編集部でだって目をあわそうともしない。仕事の切れ目が縁の切れ目ってこと？　サイテー。

休刊の話は、あたしがバラす前にみんな知っていた。それどころか、ヒロくんが新雑誌準備室に学生アルバイトの美波(みなみ)ちゃんを連れて行くって噂でもちきりだ。あたし、二股かけられていた？　てか、ツヤツヤたまご肌の若さに負けた？　このところ、〝仕事絡みの飲み〟が続いてたけど、ほんとは恋絡みだったってわけだ。十九歳の女に手を出すなんてありえないロリコン。その噂を聞いた一昨日の夜は悔しすぎて眠れなかったけど、後遺症はたいしてない。去る者なんか追いたくないし。

「フーちゃんっていいセンスしているよね。編集の才能あるから記事も書いてみれば？」セックスのあと、腕まくらされながら言われたときは、この人ってあたしのこと、才能こみで好きなんだと思った。

「かわいい」とか「きれい」とか、褒めてくれる人はたくさんいたけど、「センスがいい」って中身に目を向けてくれる人はこれまでいなかったし。なんだか初めて自分が認められた感じ。でも、今思えば、あれはマスコミの男にありがちな口説き文句。ヒロくんの好みは、若くてかわいくて業界ズレしてない女の子。仕事と編集者っぽい立ち振る舞いが板についてきたら、育てゲーは終了。

なんで終わりが近づいているって気づかなかったんだろう。ヒロくんに見合う女になるために、気張ってハイブランドの服とかバッグとか買いまくったりして。バカすぎる、あたし。もっと傷ついて立ち直れなくなってもよさそうなもんだけど、意外と平気なのはあたしもあの男を利用してたから？　それともどっかで、いつかこうなる予感があったから？　どっちにしても、あの男は、このままトンずらするつもりだ。逃げるなら、逃げればいい。未練なんてこれっぽっちもない。ただ、家でひとりで寝るのがツライだけ。狭いシングルベッドにピタッとくっついて寝ていたときの、男のぬくもりだけが今は恋しい。

小道を右に折れた。ちっちゃな白い花をたくさんつけた生垣の前を歩いていく。古びたブロック塀からはみ出している大きな桜の木が見えてきた。

あれ？

うちのななめ前。電柱のところに赤いストールを巻いた妙な男が立っている。

思わず足をとめた。変質者？　スマホ片手にじーっと家を見ている。気配を察したのか、男がこっちを見た。ちょっと待って、あの人。

マジで？

眉毛の上でパッツンと切りそろえた前髪に黒メガネ。〝心の師〟と公言している画家のレオナール・フジタに相似形。一度見たら忘れない、イラストレーターのロベール・カザマツリだ。半年前に、うちの出版社が主催する文学賞のパーティーに来ていて、ヒロくんに紹介されて名刺も渡した。

でも、あの人って、たしか白金に住んでたはず。なのになんでわざわざうちの前にいるんだろ？　訳わかんない。深呼吸してから近づいていった。

「あの、カザマツリさん……ですよね」

声がちょっとだけ裏返った。

ロベール・カザマツリは後ずさりして頷いた。職質を受けたみたいに顔を強張らせている。あたしのことはまるで覚えてないみたい。

なんだよ。パーティーのときは「カエデの子と書いて、ふうこさん、きれいなお名前ですね」って愛想よく笑ってたくせに。

「わたし、花房新社のＦｌｅｕＲ編集部の森戸楓子と申します。以前、花房文藝新人賞のパーティーでお目にかかって、ご挨拶させていただきました」

あのときは気づかなかったけど、年齢不詳の黒髪サラサラストレートの根元は真っ白だ。

「あ、あぁ。そうでしたか。ごめんなさいねぇ、僕、人の顔、覚えるのすっごく苦手なもんで」

コホンと咳払いして目の前の「森戸」という表札とあたしを見比べた。

「あなた、ここのうちの人？」

「そうですけど、うちになにかご用なんですか？」

「いえ、全然、そーゆうんじゃなくて」

慌てて首を横に振ると、急に早口になった。

「ただ、この近所で用事を済ませたあとに、散歩していたら、あんまり立派な桜の木があったんで。見事な枝ぶりで、すごく絵になるなぁって。頭の中でスケッチしてたところだったんです。ほんと、ごめんなさいねぇ。お宅とは知らずにこんなところに突っ立って、変質者と思ったんじゃないですか」

黒眼鏡の奥の三白眼がおどおどしてる。

「そうなんですか、うちの桜の木をねぇ」

……なはずないし。こんな木どこにでもあるし、花も咲いてねぇじゃん。

「そんなに気に入っていただいたなんて。ロクに手入れもしてないんですけど」

ロベール・カザマツリといえば、大の猫好きで、黒猫とロリータっぽい子の絵を描くイメージしかない。植物好きなんて聞いたことないし。じーっとうちを見上げていたときのあの目つきは変質者そのもの。

「せっかくだから庭から木をご覧になります？」

「あ、いえ、そんな。大丈夫、もう頭の中に入ったから。ありがとう。じゃあ、失礼します。さようなら」

競歩みたいに腰を振りながら、早足で去っていった。

なに、あれ？

門扉を押して、庭に入った。傍らのでっかい木を見上げた。どう見たってただの桜。あの人がここに来たのって、やっぱり……。

インターフォンを鳴らすと、しばらくして「はい」と不機嫌そうな低い女の声が聞こえた。

「なんであんたっていつも遅いの？　昼すぎに来るって言ったでしょ。もう二時まわってんのよ。昼すぎって言ったら、フツー一時頃でしょ」

ドアが開くと同時にシュー姉が文句を垂れた。

「いきなりキャンキャン言わないでよ。あたしが遅れるのは今に始まったことじゃないでしよ。それよりこれ、はい。お雛さま見ながらみんなで食べよ」

　青い紙袋を渡すと、シュー姉の顎に梅干しジワができた。

「これ、シエル・ブルじゃないの。あそこ最近味落ちたって、この前、話したばかりじゃない。『そうそう、あたしもそう思う』って言ったくせに。あんたって、ほんといい加減。人の話、全然聞いてないんだから」

　そうやって文句ばっか言うから聞き流すんだよ。イラッときたけど、まともに相手をしてたらキリがない。

「そうだっけ？　あたし、そんなこと言ったっけ？　ユズ姉と勘違いしてんじゃない？　だってあの店食べログも3・52にあがったし、それに薫さんだって、ここのチーズケーキ大好きだし」

「食べログがどうの、薫さんがどうのって、あんたには自分の評価ってもんがないの？」

　シュー姉はぷりぷりしながらドアを開けた。黙ってあとに続いて部屋に入った。

　あったか。いい感じで暖房が利いている。

「フー子さん、いらっしゃい」

　コートを脱いでいると、奥の和室から薫さんが笑顔をのぞかせた。

「どうも」

うちでロベール・カザマツリと接点があるとすれば、この人ぐらいだ。さっき家の前にいたんだけど……と言おうとしたら息を呑んだ。

すげぇ、きれい。

いつもは殺風景な畳の部屋が緋毛氈で生まれ変わったみたいに華やかになっている。

「うわぁ、やっぱりきれいねぇ」

薫さんの向かいに腰を下ろした。

去年の今頃はヒロくんと盛り上がっていた。ひとり暮らし始めたばっかりで毎週末のようにヒロくんがお泊まりしてたから、シュー姉の誘いを完全スルーしたんだっけ。その前の年も派遣の仕事を辞めたあと、台湾に住んでる友達のとこに遊びに行っていた。その前の前もたしか……。こうして改めてうちのお雛さまを見るのはすっごく久しぶりな気がする。

「お雛さまって、この年になって初めて間近で見たけど、すごいね。どれだけ見ても見飽きないっていうか。みんなほんとにキレイなお顔してる」

薫さんがまっすぐに見上げるその先はお雛さまじゃなくてお内裏さま。やっぱお人形も男が好みなんだ。相変わらずきれいな横顔を見ながら頭の中で薫さんに烏帽子みたいな冠をかぶせてみた。この人、お内裏さまのコスプレをしても似合いそう。

「主役のふたり以外もほんとにみんなきれいだよね」

うっとりした目で今度は下段を見てる。

たしかにね、五人囃子って言ってみれば、平安時代の嵐？　この端から二番目の人とか、どことなく大野くんっぽい。

「そうねぇ。特にうちのお雛さまは美男美女揃いみたいよ。なんたって、〝顔がいのちの〟人形の久月だし。あたし、この――」

「違うし」

薫さんの隣で三人官女の控えみたいにひっそり座っていたキリちゃんがあたしの言葉を遮った。

「〝人形は顔がいのち〟は久月じゃなくて吉徳。昔、森光子がＣＭに出てた」

顔がいのちのよ～し～とく～♪　と小声で口ずさんでる。キリちゃんのビミョーに外れた音程を聞くのなんて何年ぶりだろ。

「そんなのどーでもいいじゃん」

「キリちゃんは記憶力がいいからね」

すかさず薫さんがフォローする。

キリちゃんは照れたみたいに笑った。頰がちょっと紅い……じゃないよ、これってチークだし。最近なんか調子乗ってない？

半引きこもりだった姉は、永遠の家着だったゼッケンつきジャージを脱ぎ捨て、モスグリーンのニットを着ている。安いお雛さまみたいな顔しているから目立たないけど、ひっそりマスカラもつけている。薫さんが家にやってきて地味ながら花開いたって感じ。ま、開いたところで薫さんは興味ないんだろうけど。

「記憶力がいいんじゃなくて、ずっと引きこもってすることなかったから、頭がヒマだったんだよ」

薄い唇を嚙むキリちゃんを無視して、お雛さまを眺めた。五人囃子の端っこの人が持っている太鼓のバチ。左側のは、どう見ても手作り。竹串っぽいのにニスが塗ってある。これ誰が作ったんだろ。シュー姉？　いや、このテキトーさは……。

「そういえば、お父さんは？」

日本茶を飲みかけた手を止めて薫さんが答えた。

「李さんのとこ。今度ランチの新メニュー作ったから、試食がてら顔を出しに行ってて。きょうは楓子さんが来るって張り切ってたから、そろそろ帰ってきますよ」

「さぁ、どうだか。フー子のことだからどうせ約束の時間に遅れると思って、お父さん、李さんと長話でもしているんじゃないの」

嫌味ったらしい声が部屋に響く。シュー姉が日本茶と桜餅を運んできた。

「ここに置いとくわよ」

そう言って小さな和机の端にある薫さんの湯呑を新しいのと取り替えた。薫さんは目で「ありがとう」と言っている。

なに、このナチュラルなアイコンタクト。口ではいろいろ文句言いつつも、シュー姉ったら薫さんに馴染んでいる。

「フー子、あんた、ちょっと痩せたんじゃない？」

ななめ前に腰を下ろしながらシュー姉が言った。痩せた？　たしかにそうかも。湯豆腐の夜以来、全然食欲がないし。でも、そんな簡単にやつれてたまるもんか。

「別に」

「いや、痩せたわよ。どうしたのよ、目の下にクマまで作っちゃって」

「そっかな。この部屋、明るいから光のせいだって。じゃなきゃ、校了ですっごく忙しかったからだよ」

窓から入る澄んだ光にわざと目を細めながら答えると、シュー姉は腕を組んだ。探るような目がこっちを見る。

「あんたって、なにかと言うと、『校了で忙しい』よね。でも、おかしくない？　ＦｌｅｕＲってたしか月刊誌だよね。そんなにしょっちゅう校了ってあるわけ？」

この土日はヒロくんのことも仕事のこともなにもかも忘れてぼーっとしたかった。だから帰ってきたのに。わざわざＦｌｅｕＲの話題なんてふらないでほしいんですけど。

「それにあの雑誌、最近薄くなってきてるじゃない。経費削減してるってことでしょ。あんなにページ少ないのに、なんでそんなに何回も校了しなきゃいけないの？　ほんとはそんな忙しくないんでしょ？」

鋭い。敵ながらあっぱれ。いつもこうやって逃げ場がなくなるような問い詰め方をする。咄嗟になんて答えていいかわかんないから、桜餅をちょっとだけ口にして、日本茶を流しこんだ。

「あのね、校了って印刷に間違いがないかチェックする作業なの、トウシロにはわかんないだろうけど、すっごく神経使うし、時間もかかるの。ちょっとぐらい雑誌が薄くなったからって、手間暇かかるのは同じなの」

「トウシロなんてやめて。そういう業界人ぶった話し方、あたし嫌いなの」

「わかったわよ。じゃあ、専門外の方はわかったような顔して口出ししないでください。これでよろしかったですか？」

シュー姉は湯呑を乱暴に置いた。大きな目に怒りが漲（みなぎ）っている。

「どうしてあんたって、そうやって人を小馬鹿にしたみたいな物言いしかできないの？　せっかく心配して言ってあげてるのに」

「誰も心配してくださいなんて言ってないし。そうゆう恩着せがましい言い方するからヤなのよ」

「ちょっと、そうゆうってどういう言い方よ？　あんたはねぇ、昔から――」

「シュー子さん、やめてください」

薫さんが遠慮がちに言った。

「あたしに指図しないで」

ドスの利いた声が返ってきた。怖っ。俯きかけた薫さんはそれでも思い直したように顔を上げた。

「僕はただ……。なにもお雛さまの前で喧嘩しなくてもいいんじゃないかと思って。だって、こんなにキレイなんだし――」

「顔がいのちのよ～し～とく～」

突然、キリちゃんが歌い出した。

は？

「キリちゃん、それ音程はずれすぎだって」

正しい音程で「よ～し～とく～」と歌ってみせた。

てか、なぜか笑いがこみあげてくる。シュー姉も苦笑いしながら呟いた。

「行動読めなさすぎて、負けるわ、最近のキリちゃんには」

キリちゃんは湯呑で口もとを隠すようにしてニヤッと笑った。この人のこういう表情見るのって久しぶりだ。あたしも目の前の桜餅をちぎって食べた。

「やっぱ桜餅は道明寺よね。このツブツブがたまんない。うちの近くって関東風のクレープ状のしか売ってなくて。でも、なんでうちは東京出身なのに、関西風の食べるんだろ」

「お祖父ちゃんが昔、大阪に少しいたことがあったからじゃない」

シュー姉が楊枝で餅を切り分けながら言った。目のあたりに漂っていた怒りはもう消えている。

「お父さんも、新聞社入って一年目は神戸だったし」

「へぇ、知らなかった。お祖父ちゃんって大阪にいたことあるんだ」

銀行員だったから、若い頃は転勤が多かったんだ。あたしはいつも縁側で日向ぼっこをしているお祖父ちゃんしか知らないけど。

「お祖父ちゃんも桜餅好きだったよね。放っておくと、ひとりで三個でも四個でも食べてたし。そういや、一度、桜餅つまらせて大騒ぎしたこともあったよね。ねぇ、薫さんはどっちが好き？クレープ、それともツブツブ？」

ほんとはクレープでもツブツブでもどっちでもよかった。だけど、言葉が勝手に出てくる。喋らずにはいられない。ヒロくんがトンずらしてからというもの会話に飢えてたんだ、あたし。

「僕も断然、道明寺。四年くらい前、幹夫さんに勧められて食べたらすっかりファンになっちゃって。色も味も食感も絶対にこっちですね」

「へぇー、そんな前から幹夫さんと桜餅食べてたんだ。仲がおよろしいこと」

シュー姉が小姑顔で唇を曲げてみせた。

「お陰さまで」

薫さんも桜餅を切り分けながら、しれっと答える。

薫さんは変わった。ちょっと前なら、なにか言うたびにシュー姉の顔色をうかがっていた。シュー姉に反撃されたり嫌味を言われたりすると、長い睫毛を伏せてシュンとなっていたのに。あたしがいないと所在なげにしていた薫さんはもういない。この家で、あたしが知らない時間が流れているのかと思うと、胸の谷間付近がちょっとシクシクする。

「なによ、開き直っちゃって」

シュー姉はフンと鼻を鳴らしてみせた。キリちゃんがまたニヤッとして、桜餅の葉っぱをピンク色のツブツブから引き剝がしている。

「やだ、キリちゃん、やめてよ、そうやって葉っぱ剝がすの」

シュー姉は薫さんからキリちゃんへ矛先を変えた。

「何度言ったら、わかるの？　行儀悪いったらありゃしない。葉っぱだけ残すのやめなさい。それちゃんと塩漬けしてあるし、しょっぱいのと餡の甘さが混ざりあうから美味しいのに」

「あぁ」

「あぁじゃないでしょ」

「うん」

「わかってんの、ほんとに？」

シュー姉のこの口煩さ、キリちゃんのこの張り合いのなさ。

姉たちの会話はいつも通り。これまで嫌というほど繰り返されてきた。もう何万回聞いたかわかんない。でも、こうして、すすけた畳の上でシュー姉が淹れた濃いめの煎茶を飲んでいると、なんだか落ち着く。やっぱり帰ってきてよかったなんて、ほっこりしているあたしがいる。

どうしちゃったんだろ。こんなの、全然らしくない。自分では平気だと思いこんできたけど、ヒロくんに逃げられて、実はかなり参っているのかも。

「あ、お帰り」

シュー姉がリビングのほうを見た。

ふり向くと、父がドアを開けたところだった。あれ、なんかやつれてる？　少し息を切らしながら、こっちに来た。

「お父さん、久しぶり。どうしたの？　はぁはぁしちゃって」

「いや、これが、冷めないようにと思って。ほら、フー子の大好きなもの」

そう言って青い龍が印刷された紙袋を掲げて見せた。

「あ、もしかして」

父は目尻にシワをいっぱい寄せて頷き、薫さんの隣に腰を下ろした。

渡された紙袋をのぞくと透明のプラスチックケースの中に棒状に捻じれた揚げ菓子が入っていた。

「うわぁ、マーホアじゃない」

「フー子が来るっていうから、李さんに頼んで揚げてもらったんだよ」

蓋を開けると、ぷーんと甘い香りが広がった。思わずひとつ摘む。「やーね、お行儀が悪い。桜餅まだ残ってるでしょ」。すぐ脇でシュー姉がまた文句を言っている。無視してがぶりとかじりついた。

まだほんのり温かい。

小さい頃、家族で青龍苑に行くとあたしはいつも退屈だった。まだ姉たちのお喋りのスピードについていけなかったし、姉たちが食べる甘酸っぱい中華も苦手だったから。子供用の器に入れられた中華そばと餃子を一、二個食べると、他にすることがなくて、ふくれっ面で足をぶらぶらさせた。そんなとき、父は李さんに片目をつぶって合図した。しばらくすると、きまってこのマーホアが出てきた。〈お父さんはフーちゃんの笑ってる顔が好きだよ〉。父が差し出してくれる捻り(ねじ)ハチマキみたいな形のマーホアを食べると、いつだって笑顔が戻ってきた。

「美味しい」

「これがフー子さんが大好きだっていうマーホアですか」

薫さんはシュー姉の目を気にしてか、マーホアを摘めずにいる。

「そう、フー子は昔からこの捻りハチマキの熱烈ファンなんだよ、な」

父はマーホアを頬張るあたしを嬉しそうに眺めている。

捨てる神あれば、拾う神ありってやつ？　意味違うかもしんないけど、そんな気がしてきた。あたしのことを思って、寒空の中、息せき切って帰ってきてくれる人がここにいる。

ほんのり甘く懐かしい味が沁みていく。ため息が漏れた。その拍子になぜか熱いものがこみあげてきた。

やだ、なんで？

でも、とめられない。久しぶりに食べたマーホアはすっごく美味しい。だけど……いや、だから？　もう、意味わかんない。ほろほろ涙が頬をつたっていく。堤防決壊。手でぬぐう先から塩っ辛い涙が溢れてくる。

「おい、どうした？」

父が顔をのぞきこむ。やだ、見ないで。鼻水まで出てきちゃったよ。

「ううん、なんでもない。ただ……」

ずっと張りつめていたものが、ぷつりと切れてしまっただけ。

薫さんが黙ってティッシュボックスを目の前に置いてくれた。とまれ、とまれっつうの。でもムリ。涙があとからあとから溢れてくる。

キリちゃんは俯いて桜餅にへばりついた残りの葉っぱをまた引き剥がし始めた。

人の弱みにここぞとばかり付けこんでくるシュー姉も、ティッシュで洟をかんでいるあたしにはなにも言ってこない。

「もー、お父さんったら、また甘いもの買ってきて。きょうは桜餅に、シエル・ブルのチーズケーキもあるんだから、こんなにあったら食べきれないわ」

まるで、泣いてるあたしが見えてないみたいに、父に話しかけた。

「そっか、じゃ、まずは桜餅をちょっと貰うかな」

父が、薫さんの食べかけの桜餅を摘もうとしたけど、シュー姉が横目で睨んだ。

「やーね。人の取らないでよ。だいたい外から帰ってきたばっかりでしょ。ちゃんと手洗ってからにしてよ」

「はいはい」

やれやれとばかり父は机に手をついて立ち上がった。

ガタンと大きな音が響いた。

えっ？

父は雛壇に覆いかぶさるようにしてそのまま倒れこんだ。

乱れた緋毛氈の上から雛人形が雪崩のように降ってくる。逆さになったお内裏さまが父の肩に落ちた。

「幹夫さんっ」

薫さんが駆け寄り父を抱き上げた。

なに？

足もとに硬いものが転がってきた。

お内裏さまだ。白い首がこっちを見ている。

「救急車っ」

シュー姉が叫んだときにはキリちゃんはスマホを押していた。

「帝都医科大病院に運んでもらってぇ」

薫さんが甲高い声で叫んだ。その腕の中で父は泡を吹いて、小刻みに震えている。

14

窓からななめに射しこむ光がベッドに横たわる男を照らしている。パジャマ姿の父を見るのなんて久しぶりだ。こんなに痩せてたっけ？

あたしが覚えているお父さんはもっと逞しく肉づきがよかった。

蠟(ろう)人形みたいに真っ白になっていた顔色はなんとか元に戻ったけど、左の目が二重じゃなく三重になっている。

「ただの貧血だ。どうせすぐに退院するんだから、わざわざ見舞いに来なくてもよかったのに」

父は手の甲を見つめながら力なく笑った。

「突然倒れてＩＣＵに入ったって聞いたら、そりゃ来ちゃうでしょ」

ついさっき、見舞いにやってきたばかりのユズ姉が眉間にシワを寄せた。一ヶ月前にはお義兄さんと揉めて離婚モードで実家に戻ってきてたって話だけど、今じゃ、すっかり元のサヤに戻ったみたいだ。

てか、またちょっとデブった？　動くたびに折り畳み椅子がミシミシ音を立てている。

「自分でもなにが起きたかわからなかったよ。立ち上がろうと思ったら、急に天井がぐらぐらして、気がついたら救急車の中だったからね」

倒れたときに雛壇にぶつけた右肘をパジャマの上からさすりながら父は言った。

「お父さん、救急車の中で隊員さんに『もう大丈夫です』って言ってまた気を失ったって、シュー姉が言ってたよ」

あたしはベッドの端にちょっとだけ腰を乗せ、父の足もとでくしゃくしゃになっている布団を直した。

「とにかく思ったより元気そうだし。たいしたことなくて本当によかったわ。それにここ、結構いいじゃない」

ユズ姉がカーテンの向こうを気にしてひそひそ声になった。

「個室がいっぱいで大部屋に移されたって聞いたから、もっと狭苦しいとこ想像してたけど、案外スペースがあるのねぇ」

白いカーテンで区切られた空間は二畳くらい？　たしかにイメージしたよりは広かった。でも、居心地はよくない。

「ここならゆっくり体を休められるわよ。これ、お白湯。欲しくなったら飲んで。あとタオルとかいろいろ……」

トートバッグから水筒と蓋つきマグカップ、タオル類一式、ティッシュペーパーのボックスを出すと、ベッドの脇に備えつけてある収納棚に置いた。

「おぉ、すまんな」

父は軽く手刀をきった。

「うわぁ、さすがユズ姉、気が利くのね」

機嫌を取りたかったわけじゃない。本当に心からそう思った。おっとりしてるように見えて、やっぱりユズ姉はいざというとき頼りになる。シュー姉も、あのキリちゃんだって。

それに比べてあたしときたら……。昨日の昼すぎ、父が倒れてからしたことといえば、ユズ姉への電話連絡ぐらい。それだって、シュー姉に「ボーッとしてないでユズ姉に電話くらいして！」と命令されたからで。あとは、オタオタするだけ。泣きたくなるくらい使えない女だ。

「入院は慣れてんのよ。わざわざ報告しなくてもいいやと思って黙ってたんだけど、実は、一年前にうちのパパが痔で入院したの。そうそう、これもどうぞ」

ユズ姉はバッグからリラックマの顔の形をしたコインケースを出して父に渡した。

「家にあった小銭、かき集めてきたの。三千円くらいは入ってるわ。桃葉と梅香が五百円玉を一枚ずつカンパしてくれたの。もう歩いても平気なんでしょ、売店に行くときにでも使って。コインケースは梅香のお古よ」

「助かるよ。そういえば、このタヌキ、梅香が大好きだったな」

小銭でパンパンに膨らんだリラックマの顔を見て父は目尻にシワを寄せた。

「お父さんったら、よく見てよ、それクマよ。ほんとテキトーなんだから」

「そういやお父さん、前も梅ちゃんに『そのタヌキかわいいな』って言って怒られたよね。あんときも梅ちゃん、ユズ姉と同じこと言ってた。ほんとテキトーなんだからって」

ユズ姉と笑っていると、ドアのほうから床を踏みしめるような足音が近づいてきた。

「なんだ、ユズ姉、来てたの？」

担当医の鈴木先生のところに行っていたシュー姉が戻ってきた。

「なんだはないでしょ。お父さんが倒れたんだもの、駆けつけるわよ」

シュー姉はユズ姉には答えず、こっちを見た。

「フー子ったらまた。ベッドの端に座らないの」

「だって……」と言いかけて、言葉を吞みこんだ。

　こっちを睨むシュー姉の目の下にはＢＢクリームじゃ隠せないクマができてる。窓から入る自然光で、いつもより三歳は老けて見える。後ろでひとつに結んだ髪もほつれ毛が目立つ。さすがのシュー姉もかなり疲れてる。口ごたえはやめとこ。

　黙って立ち上がると、きょうもフルメイクのユズ姉が言った。

「いいじゃない。あたしがフーちゃんの椅子、取っちゃって座るとこないんだから。立ちっぱなしもしんどいもんよ」

「いーのよ、ユズ姉」

「そ、フーちゃんがいいならいいけど。それよりシューちゃん、先生のとこ行ってきたんでしょ。お父さん、いつ退院できるって？」

「それがね、昨日と言ってることが違うの。あの先生、テキトーなのよ。倒れたのはただの貧血だろうけど、やっぱり一応、精密検査をしてから退院ですって」

　ユズ姉の質問にシュー姉は早口で答えた。

　怪しい。シュー姉がこうやってまくしたてるときは決まって隠し事をしている。まるで予行演習してきたみたいな、とってつけたような笑顔だし。

「あら、そうなの」

ユズ姉はユズ姉で天気の話でもしているみたいにのんびりと聞き流している。シュー姉の不自然さに気づいていないのか、気づいてないフリをしてるのか。この人の考えていることって、ときどきわからない。

「精密検査って、なんで？　昨日、検査して問題なかったんじゃないの？」

たまらなくなって訊き返すと、シュー姉は父を軽く睨んだ。

「お父さんったら、あたしたちには黙ってたけど、前にも頭痛がひどくて、鈴木先生の診察を受けてたらしいから。念のため、脳に異常ないか調べるみたいよ」

「そっか。だから、あのとき、薫さん、病院を指定してたんだ」

父が倒れた瞬間、「帝都医科大病院に運んでもらってぇ」と薫さんが病院名を口走っていた。人間、焦ってるときほど本性が出るもんだけど、いつもとは違う一〇〇パーセントオネエモードな声だった。

「そういえば……」

ユズ姉が記憶を手繰り寄せるみたいに黒目を上下させた。

「あたしが実家に帰ったときも、たしかお父さん、病院に行ってたわよね。『同僚のお見舞いだ』って薫さんが言ってたけど。やーね、薫さんとふたりであたし騙して。お父さんったら、昔から秘密主義なんだから。水臭すぎるわよ。娘としては傷つくんですけど」

「騙したわけじゃないさ。別に、わざわざ心配かけるほどのこともないと思ったんだよ」

　父は額を指で掻いた。

「じゃ、あの人になら、心配かけてもいいっていうの。ユズ姉の言う通りよ、お父さん、水臭いわ、娘のあたしたちにはなんにも言わないで」

　あたしにしてみれば、そう言って抗議するシュー姉だって父と同類、てか同罪。厄介ごとは自分の胸だけに留めてめったなことじゃ口にしない。

「病人イジメしても仕方ないから、きょうはこの辺で許してあげるけど。検査は簡単なものらしいから。人間ドックがわりに受けてみるといいわよ。鈴木先生ってすごく忙しいみたいで、水曜日まで待たなきゃいけないらしいけど」

　父は頷きながら、ちょっと眉をしかめた。

「ま、仕方ないか」

「そんなわけで、ユズ姉はゆっくりしてってって。あたしとフー子はそろそろ家に帰るから」

「あら、もう帰っちゃうの？」

「うん、この狭っ苦しい空間に三人もいたら、酸欠になっちゃう」

　ユズ姉はカーテンの隙間から向こう側をちらりと見て、唇に人差し指をあて「シーッ」と言った。シュー姉は肩をすくめ、ベッドの端に畳んで置いてあったふたり分のコートを取った。

「入れ替わりにあの人とキリ子が来ることになってるから、それまでお父さんの相手してて」

あたしのコートの「MACKINTOSH」のタグをチェックしてからなにか言いかけた。

また嫌味？　思わず身構えたけれど、シュー姉は薄い唇を結んだ。意地悪言う気力もないってこと？　黙ってあたしにコートを渡してくれた。

シュー姉は廊下をすたすた歩いていく。あたしは黙ってついていく。突き当たりを右に折れて、タイミングよく降りてきたエレベーターに乗った。

「ねぇ、このまま、まっすぐ帰る？」

あたし、なんでこんなこと訊いてるんだろ。でも、この機会を逃したら、シュー姉とサシで話すことなんてないし。

「帰るに決まってんでしょ。キリ子たちが家でスタンバってるのよ。まっすぐ帰らないで、どこ行くっていうのよ？」

シュー姉はダルそうに言った。エレベーターが四階で止まった。見舞い帰りっぽい中年女が乗ってきて、「閉」ボタンを押した。

「病院出たとこにスタバあったでしょ。寄ってかない？」

「スタバ？」

シュー姉は「なんでわざわざ」と忌々しそうにつけ加えた。

「病院って乾燥してるから、すっごく喉渇いちゃって。抹茶クリームフラペチーノがどうしても飲みたいんだよね。チョコチップいれたやつ」

「この寒いときに、あんな冷たいものを欲しいなんて気が知れない」

シュー姉はブツブツ言いながらエレベーターを降りていく。足早に歩き、自動ドアをくぐる。外はよく晴れていた。病室から見る空はちっぽけだけど、一歩外に出ると、こんなに青くて大きい。

「フー子、なにぼんやりしてんのよ、早く」

シュー姉は植えこみの前を大股で通りすぎていく。スターバックスの前まで来るとふり返った。

「長居するつもりないからね。あたし、あんたと違って、約束の時間に遅れるのが嫌なの。キリ子たちには二時半には帰るって伝えてあるんだから」

「わかったって。十分……いや十五分くらいで飲むから」

たったそれだけの時間で、この無愛想な姉が口を割るとは思えないけど。

店の中は通院や見舞い帰りの一人客が多くて、静かだった。他の店よりBGMの音量も控えめな感じがする。ほっとひと息ついている人もいれば、暗く伏し目がちにカップを傾けている人もいる。この中にも先の見えない病と闘っている人がいるのかもしれない。

「あたしはフツーのコーヒー。先に座ってるから、頼んで持ってきて」

カウンター近くでそう言うと、シュー姉は使いこんだオレンジの財布を渡してきた。

「いいよ、あたしが誘ったから、奢(おご)るよ」

「いいわよ、フー子に奢られるほど落ちぶれてないから」

つっけんどんな言い方で突き返した財布をもう一度押しつけてくる。愛想のカケラもない。女子大生っぽい店員がこっちを見てる。こんなことで意地を張り合っても仕方ないから、そのまま財布を受け取った。

注文して、シュー姉が座っている奥の席に行った。

「よくそんな冷たいもの、欲しがるわよね」

シュー姉はあたしが運んできた抹茶クリームフラペチーノを見ながら言った。ったく、しつこいな。

「暖かいところでキンキンに冷えたのを飲む。そのギャップがいいんじゃないの。ま、おばさんってすぐ体が冷えるから。シュー姉にはそういう趣味ないかもしんないけど」

「人のこと年寄り扱いしないでよ。自分だって、あっという間におばさんになるわよ」

黙って、抹茶色の液体に浮かんだクリームをスプーンで掬った。無駄に悪態ついている時間なんてないんだ。ここは単刀直入にいくか。

「てか、シュー姉、さくっと訊いちゃうけど、お父さん、なんの病気なの？」

コーヒーを飲もうとしていたシュー姉の手が一瞬止まった。

「だから、さっきも言ったでしょ。ただの貧血だって。お父さん、前に頭が痛いって通院してたから、この機会に検査しましょうって話になったって。また聞いてなかったの、人の話？」

倍速でそこまで言って呆れたようにこっちを見た。

「聞いてたわよ、ちゃんと。でも、ありえないくらい早口だったし。そういうときって隠し事してるの、シュー姉のパターンじゃない。ユズ姉は昨日、お父さんが倒れたとこ見てないから、シュー姉の言葉、信じたかもしれないけど、ううん、ユズ姉のことだから、あとでシュー姉にだけこっそり探りの電話入れてくるかもしれない。とにかく、お父さん、フツーじゃなかった。だって、泡を吹いて震えてたんだよ。ただの貧血じゃないくらい、あたしにだってわかるし」

「なに言ってんの？　貧血だって、泡吹くことあるわよ。あんたが知らないだけ」

そう言って笑顔を見せるけど、相変わらず頰のあたりが強張っている。

「なんの心配もいらないわ。大丈夫よ」

「大丈夫って。シュー姉が大丈夫っていうときはたいてい大丈夫じゃないもん。あのときだって……」

高一の五月のことだった。塾が終わって家に帰ると、夕ごはんを作って待っているはずの母がいなかった。家中の空気がぴりぴりしていた。「どうしたの？」と訊いても、父は「別に、なんでもないさ」とため息ばかり。ユズ姉は「しばらく彼の家に泊まってくる」と言ったきり帰ってこないし、キリちゃんは部屋にこもりっぱなし。シュー姉だけが強張った笑顔であたしの質問に答えた。「大丈夫だよ。お母さんはちょっとお父さんと喧嘩しただけ。すぐに戻ってくる。なんにも心配いらないから」

あの頃、反抗期真っ盛りだったあたしは、キャラがかぶる母と喧嘩ばかりしていた。一度、衝突すると三日ぐらい口を利かないことなんてザラだった。でも、だからって突然、姿をくらまされたら、ものすごく心配する。「ねぇ、いったいいつになったら戻ってくるの」。何度訊いてもシュー姉の答えは同じ。「大丈夫。ちゃんと戻ってくるって」。母は戻らないかもしれないとユズ姉から聞いたのは半月以上経ってから。その一ヶ月後にキリちゃんの家庭教師と駆け落ちしたんだと、隣の佐々木さんが真相を教えてくれた。はぁ？　若い男と駆け落ちって、なんだよ、それ。そんなサイテーな母親いらないし。傷つかなかったっていえば嘘になるけど、そうゆう姿を家族に見せたくなかった。だから、心に蓋をして、母を断ち切った。そのほうがラクだった。去る者なんか追いたくない。

「大丈夫」なんてその場しのぎの気休めでしかない。あたしは絶対、信じない。なのに、シュー姉は、いつだってあたしに言う。「大丈夫だよ」。隠していても、いつかはわかることなのに、あたしには真実を教えてくれない。それって、あたしが頼りなさすぎるから？　あたしのこと認めてくれてないから？

「あのときって……いつよ？」

シュー姉が首を傾げた。やっぱりこの人は全然、気づいていない。あのとき、あたしがどんだけ辛かったか。家族はあたしを腫れ物扱いするだけで、なかなか本当のことを教えてくれない。ひとりだけ取り残されたみたいなあの疎外感をこの年になってもまだ味わうなんて、惨めすぎる。

「あのときは、あのときよ。わかんないならいいって。とにかく家を出て暮らしてても、あたしだって、お父さんの娘なんだから。みそっかす扱いしないで、本当のこと、教えてよ。ねぇ、どうしてそうやって、なんでも自分ひとりで抱えこむわけ？」

シュー姉はカップを包みこむみたいにして持ち、ふぅーと息を吐いた。

「なにも抱えこんでやしないわ」

どうしてシュー姉って、こんなに頑なな女なんだろう。

「あたし、今まで黙ってたけど、FleuRが、あと二号で休刊になるの。休刊って言ったらいつか復活するみたいだけど、そういうことってまずありえないから。休刊イコール廃刊で、あたし職にあぶれちゃうわけ。……それに、シュー姉たちの手前、『契約記者』って言ってきたけど、あれもウソ。ほんとはただのアルバイトだったの。何回か署名入りで記事書いたくらいじゃ、なんの実績にもならないし、出版社はどこもかしこも景気悪いし、このまま雑誌の仕事続けるのは厳しいかもしんない。見ての通り、高い服ばっか買って、貯金なんて一銭もないし。あたし、この先、どうしたらいいのか全然わかんない……」

気がついたら、声がちょっと震えていた。どうしたっていうんだろう。こんな話をするつもりなんてこれっぽっちもなかったのに。

これ以上、余計なことを言わないようにフラペチーノを口にいれた。いきなりがいけなかったのか。頭がキーンとしてきた。

「やーね、顔ゆがめちゃって、頭痛いんでしょ。あんたっていっつもそう。アイス食べると、絶対そうなるのに」

「わかってるけど飲みたかったんだもん。で、どこまで話したっけ。とにかくあたし、休刊が決まって、仕事もだいぶヒマになったの」

人差し指でこめかみを押さえながら、話を戻した。どこまで話したっけ？　てか、どこに話を持っていけばいいんだっけ？　自分でもよくわからない。でも、今はとにかくシュー姉と腹を割って話さなきゃって気がしてる。

「もしも、入院が長引くんだったら、家に戻って、お父さんの看病しようかなって。あ、もちろん編集部やめてもプーになるつもりはないから。とりあえずはどっかでバイトでもしながら……。だから、ねぇ、本当のところが知りたいの。隠さずにちゃんと教えてよ」

シュー姉はひとつにまとめていた髪をほどいてシュシュできゅっと結び直した。

「自分も秘密をひとつ教えたんだから、あたしにも話せってわけ？」

なにを考えてるのかさっぱり読めない大きな目がじーっとこっちを見る。そういえば、父もときどきこんな顔してあたしのことを探る。

「別に、そういうわけじゃないけど。でも、思ったのよ、シュー姉がいつもあたしに隠し事するのって、あたしが自分のこと全然話さないからなのかなって。ほら、他人は自分の合わせ鏡ってやつ？　あたしの態度が変われば、それ見ているシュー姉も変わってくれるかなって……」

「それを言うなら写し鏡だと思うけど」

シュー姉はコーヒーをひとくち飲んで、「わかったわ、そうまでして知りたいなら話すわよ」と小さく頷いた。

「あのさ、下垂体腺腫って知ってる？」

「かすいたいせんしゅ？」

「脳下垂体ってあるでしょ。お父さん、そこの奥のほうに、小さな塊ができてるらしいの。脳腫瘍の一種……って言ってもね、下垂体腺腫ってほとんどが良性なんだって。放っておいてもなんでもないのや大きくならないのも多いの。ただ、ごくごく稀（まれ）に悪性に変わることがあるから。先生はもう一度、念入りに検査したほうがいいって」

「もしも悪性だったらどうなるの？　お父さん、死ぬの？」

「なによ、いきなり、縁起でもない」

シュー姉は眉をひそめた。でも、声にいつもみたいな険はない。

「悪性だったら手術して腫瘍を取る。それだけのこと。お父さん、まだ六十二歳よ。いいんだか悪いんだか、うんと年下のパートナーまで見つけてうちに引きずりこんだんだから。ここは元気になってもらわなきゃ。だから、大丈夫、大丈夫」

自分に言い聞かせるみたいに、「大丈夫に決まっているじゃない」ともう一度言って、肩の荷を下ろしたみたいに薄く笑った。

「そっか。なら、よかった」

あたしも笑顔で頷いた。

でも、本当は大丈夫じゃないんだよね。

休刊のことと実はアルバイトだったことは打ち明けたけど、あたしは結局、ヒロくんのことは言わずじまいだ。同じようにシュー姉だって父の病気のことでまだ隠してる。多分、下垂体のデキモノはかなり厄介なことになってるんだろう。でも、これが今、シュー姉が話せるギリギリのとこなら、それはそれでいいような気がした。

「話戻すけどさ。あんたは一生懸命、隠したつもりだったのかもしれないけど、休刊のこと、昨日、家に来たときから、なんとなくわかってたよ」

「マジで？」

シュー姉は頷くと、あたしの手もとを見た。

「左手の中指、ネイルが剝がれてるじゃない」

「気づいてたの？」

フレンチネイルの先がちょっとだけ剝がれ、二枚爪みたいになっている。トップコートで誤魔化してるから、気づかれないと思ったのに。やだ、もう。チェック厳しすぎ。こぶしを作って中指を隠した。

「あんたって、見栄っぱりだから、家に帰ってくるときは故郷に錦を飾るみたいな感じで、めいっぱい着飾ってくるでしょ。なのに昨日はメイクもざっくりだし、爪は剝がれてるし。なんか変だと思ったら、マーホア食べて急に泣き出して。自分じゃ明るく振る舞ってたつもりなんだろうけど、バレバレなんだよね。まったく……。突っ張るなら最後まで突っ張ればいいのに、それこそツメが甘いんだよね」

「そんなこと言ったら、シュー姉だって。さっき病室で『大丈夫』って言いながら、思い切り顔引きつってたし。てか、あたしたち、お互い、隠し事が下手ってことだね。それって根がいい奴ってことじゃね？　共通点なんてひとつもないと思ってたけど、そういうとこ、けっこう似てるのかも」

「別に似てなくてもいいけど。ま、とりあえず、あんたの部屋も空いてることだし。お父さんの病気に関係なく、あそこはあんたの家なんだから。帰りたければ、いつでも帰ってくれば？」

珍しく優しい声があたしを包む。

「うーん、だったら、そうしよっかな」

シュー姉はバッグからスマホを出して時間を見た。

「やだ、もう一時半すぎてる。フー子、まだそれ半分も残ってるじゃない。さっさと飲んじゃってよ。家でキリ子たちが待ってんだから」

いつものつっけんどんな言い方であたしを睨んだ。

第五章　薫の受難

15

　白いカーテンに仕切られた空間はどうにも落ち着かない。じっとしていられなくて、薫は目の前で乱れている掛け布団をまっすぐに伸ばした。

消毒液と病人たちが発するもの悲しいにおいの中で幹夫さんは寝息を立てている。見慣れたはずの顔なのに、なんだかきょうは他人みたいだ。

　白髪混じりの短髪に目がいく。額がここにきてまた後退してきている。年相応だと思っていた外見に疲れが滲み出てきたのはいつ頃だったのか。ずっとそばにいたはずなのに気づけなかった。幹夫さんが「最近、やたらと頭痛がひどくて」と言って病院に行くまでは。

　明日はいよいよ精密検査だ。明々後日（しあさって）には結果が出ると思うと、夜も眠れない。どうすれば、いいんだろう。今も刻々とこの人の頭の奥で腫瘍が大きくなっているとしたら……。

　胸のあたりに重苦しい塊が圧（お）し寄せてくる。もう二度と思い出したくない痛み。祖母も父も母も、僕の家族はみんな病院へ運ばれてすぐ死んでいった。

疫病神——中学生の頃、親戚の奴らは陰で僕のことをそう呼んでいた。両親に続き、祖母にも死なれた僕を引き取ると、決まってその家に不幸が起きた。母方の伯父はガンになり、父方の叔母の姑は間質性肺炎、その姑を看取った直後に叔母も脳溢血（のういっけつ）で亡くなった。

宿命というには悲しすぎる。僕にはそばにいる人に災いをもたらすマイナスの磁力が備わっている気がしてならない。

「そんなのただの偶然だよ。伯父さんたちはみんないい年だったんだ、たまたま寿命が尽きただけのことだろ」

笑って僕の話を聞き流していた幹夫さんが、今、ベッドに横たわっている。

ねぇ、倒れたのは僕のせいじゃないよね。

絶対に治ってくれるよね。

ずっと孤独だった僕の心を埋めてくれたのは、幹夫さん、あなた、あなたしかいないんだから。

「主人公の最後の言葉、すごく、いい訳ですね」

四年前、インタビュアーとして僕の前に現れた幹夫さんはそう言った。新聞社の学芸部デスクで取材慣れしているはずなのに、緊張した面持ちで原文と翻訳を暗唱した。

——Before I felt like there was this big hole, but when I met you the hole got filled in.

疎外された魂は、きみに会って初めて落ち着き場所を見つけた——

それは、前作『あらかじめ葬られた約束へ』の中でいちばん思い入れのある箇所だった。

「実は僕もこの年になるまで、ずっとbig holeを感じていた。そのせいでしょうか、この辺を鷲摑みにされました」

青いシャツの胸もとをぎゅっと摑んだ幹夫さんの大きく筋張った手を見ながら、それまで感じたことのなかった不思議な感情がわき上がってきた。初めて会ったはずなのに、ずーっと昔から知っていたような、懐かしさと親しみ。あの瞬間、僕は恋に落ちた。探し求めていたのは「この人だ!」と思った。

インタビューのために用意された個室に僕が入っていったとき、幹夫さんも同じことを感じたのだと、あとになって言ってくれた。

「いい年してひと目惚れ。しかも、男にな」

自分が真っ当な男でないせいか、子供の頃から両親に対して罪深さを感じていた。せめて「いい子」でいなければと、いつも仮面をかぶって望まれる息子であり続けた。演じれば演じるほど、僕は孤立していった。いつしかそれが習い性になってしまったのか。長じて男とつきあうようになっても、自分を装い続けた。でも、幹夫さんを前にすると違った。なぜかとても心がほぐれた。この人のなにがそうさせるのかはわからない。でも、わからないからこそ本物だと思った。特別の存在。この人といたら理屈じゃなく本能で、僕はいつでもありのままの僕でいられる。

愛する人に心を預けることのできる喜びと安らぎを知ってしまった僕はもう昔には戻れない。もしも幹夫さんがこの世からいなくなったりしたら、どうしていいかわからない。

ねぇ、約束したでしょ。

ずっと一緒に生きていこう、そう言ってくれたのは幹夫さん、あなたじゃない。ねぇ、わかってる？　同じ家で暮らし始めてまだ半年も経ってないのよ。

ベッドの脇で囁きかける。

幹夫さんは答えない。なにか悪い夢でも見ているのだろうか。眉間にシワが寄っている。深く刻まれた縦の線をそっと撫でた。僕の気持ちが伝わったの？　顔から険がとれた……と思ったそのとき、幹夫さんが目を開けた。

「ごめん、起こしちゃった？」

「来てたのか。あれ、キリ子は？」

「入れ違いですっと帰っていったよ。あの人は優しいね。言葉よりも行動でさりげなく気遣ってくれるところが、幹夫さんとよく似てる」

「そうか」

幹夫さんは小さく頷いた。

こうして、ふたりきりになれるのは四日ぶりだった。たった四日。でも、幹夫さんが傍らにいない時間は僕にはとてつもなく長く感じられた。

ベッドから筋張った手が伸びてきた。倒れたときに雛壇にぶつかって出来た甲の青あざが痛々しい。その手を包みこむ。指先が冷たい。僕の温かさが伝わるようにぎゅっと握りしめた。もしも、ここが個室だったら、僕もベッドに入って添い寝するのに。

「ここに来て、きょうで……四日になるのか。ずっと寝ていると時間の感覚がどうもおかしくなるな」

幹夫さんは優しく僕の手を握り返しながら言った。

「どうだ？　家のほうは。うまくやっているか」

カーテンの向こうから痰が絡んだような咳が聞こえてくる。ちらりとしか見かけたことがないけれど、隣に寝ているのは、病気にはあまり縁のなさそうな色黒のいかつい男だ。幹夫さんと同い年くらいだろうか。家族や見舞い客が来ているのを見たことがない。孤独な病人。

「なんとか……やっています」

布きれ一枚隔てたところに赤の他人がいると思うと、よそよそしい喋り方になってしまう。

所詮は隠さなければいけない関係なのだ。出がけに柊子さんにも釘を刺された。

「壁に耳あり、障子に目ありよ。わかってますよね、カーテンには耳も目もありなんだから。化けの皮が剝がれないようにせいぜい気をつけて」

森戸家にきて、三ヶ月あまり。ここにきてようやく打ち解けてくれたような気がしていた。でも、雪解けだと勝手に思っていた僕が甘かった。幹夫さんが倒れてからというもの、柊子さんは元の頑なな女に戻ってしまった。あの人もうちの親戚と同じクチか。「あいつが家に来てからロクなことはない」と僕を疫病神扱いしているのかもしれない。

「そういえば、あれからフー子さんはずっと家にいて。『しばらくこっちにいようかな』なんて言ってるよ」

「そうか。あいつも疲れてるみたいだったからな。しばらくウチで暮らすといい。だけど、薫はたまんないな」

「たまんないって？」

「女三人に囲まれてだよ。ひと癖もふた癖もある連中だからな。なまじ女の気持ちがわかるだけにきついだろ。大丈夫か？　病人の俺より顔色が悪いぞ。……そうだ」

幹夫さんは枕の下から白い封筒を引き抜いて、差し出した。

「病院の売店ってのは、なんでも売ってるんだね。封筒に便箋に筆ペン。修正液まで買っちやったよ」

「これなに？」

封筒には、活字みたいに四角い整った字で不吉な三文字が並んでいる。

「今さら、ラブレターってこともないだろ。見ての通り、遺言書だよ」

幹夫さんは薄く笑って、頭を指先で叩いた。

「多分、ここの出来ものは悪性だ。手術なんてことになったら、ここを切り開くわけだろ。俺もいつまで正気でいられるかわからないから、な。自分で文章書けるうちに」

冗談じゃないわ。かっと体に火がついた。幹夫さんから手紙を奪い取り、握り潰していた。

「やめてよ、縁起でもない」

ダメ、こんな大声出しちゃ。

「わかってますよね、カーテンには耳も目もありなんだから」

小姑の言葉がよぎる。そんなこと、言われなくても、わかっている。でも、どうしようもない。こみ上げてくる怒りと悲しみをどうにも抑えきれない。

「せっかく書いたのに。なにもそこまですることないだろ」

幹夫さんは床に目をやった。僕の足元に捻じ曲げられた封筒が横たわっている。咄嗟にそれを拾ってゴミ箱に放った。

「まったく……困った奴だな」

幹夫さんは息を吐いた。

「クールを装ってるけど、ほんとは誰よりも熱くて、激しくて」

でも、せめて俺といるときだけは、ありのままの薫でいろよと言ってくれたのは幹夫さん、あなたじゃないの。

「機嫌直せよ。俺は心配なんだよ。薫がこの先、俺なしであの家でうまくやっていけるのかどうか」

「だから、やめてってば。どうして、そんな……。悪性のはずない。ただのデキモノに決まってるじゃない。なのに、検査する前から、ネガティブなことばっかり言って。遺言書なんて五十年早いわよ。そんな弱気じゃ治るはずのものも、治らなくなるから。ねぇ、わかってるの？　僕が幹夫さんのいない家でどれだけ心細いか。一日も早く帰ってきてくれなきゃ……」

責めるつもりなんてなかった。なんでこんなことを言ってんだろう。今、いちばんしんどいのは幹夫さんなんだから。ここは笑顔で励まさなきゃ。無理して口角を上げようとしたけど、頬が強張る。できない。この人の前では偽れない。あとからあとから押し寄せてくる不安の波に圧し潰されそうな僕を。

「わかったよ。わかった」

ウソ、全然、わかってくれてない。僕の辛さなんて……。こみ上げてくるものを抑えきれずベッドに突っ伏した。シーツが涙で濡れていく。幹夫さんはそっと頭を撫でてくれた。父のように、兄のように、親友のように。僕が生きている限り、ずっとこうしていてくれなくちゃイヤ。

コツ、コツと踏みしめるようなヒールの音が近づいてきた。

誰？

「あら、とんだ修羅場にお邪魔しちゃったかしら？」

青いコートを着た小柄な女がカーテンの隙間から顔をのぞかせた。

「やだわ、十五年ぶりに会うっていうのに、タイミング悪すぎたわね」

女は曖昧な笑みを浮かべた。潤んだような瞳と大きな涙袋が楓子さんとそっくりだ。

この人……。咄嗟に目の縁に溜まっていた滴を指でふきとった。

「おぉ、来たのか」

「おぉって……あなた。なんかもっと、他にかける言葉ないの？」

「いいじゃないか。久しぶりな気がしないんだから。薫、別れたカミさんの葉子だ」

幹夫さんは、いつもと変わらぬ調子で僕に言った。どうしてこんなに平然としていられるの？　僕は頭に血がのぼって、どうかなりそうなのに。

「はじめまして……」

人でなし――。柊子さんが憎しみをこめてそう呼んでいた四姉妹の母親は軽く頭を下げた。

「こちらこそ。西園寺薫です」

この人、いくつ？　幹夫さんとそんなに変わらないはずだけど、肌艶がよく若々しい。

「あたしたち面と向かって会うの、十五年ぶりなんですよ。なのに、お父さんったら、相変わらずなんだから。でも、よかった。ずっと病気知らずだったのに倒れたっていうから心配したけど、すごく元気そうじゃないの」

家を出てから初めての再会。その気まずさを紛らわしているのか。葉子さんは早口でまくしたてる。顔だけじゃない。こういうところも楓子さんによく似ている。

葉子さんはシーツにできた涙の染みにちらりと目を落とすと、なにも見なかったようにコートのボタンをはずした。

「どうぞ、こちらに座ってください」

僕は椅子から腰を上げ、後ろにまわった。

「ありがとう」

葉子さんは腰を下ろした。黒目がちの目がこっちを見て、上から下、下から上へと無遠慮に動いている。

「あなたが……薫さん。新聞でお顔を拝見したことがあるけど、実物は写真よりずっと素敵な方ね」

どこが素敵なもんか。連日の不眠でできた青クマのせいで、確実にやつれている。それに比べて……。なんなの、この寸分の隙もないメイクは。

「こんなに素敵じゃ、お父さんもまいっちゃうわね」

葉子さんはゆっくりと口角を上げた。

「ごめんなさいね、急にやって来たりして。でも、こんなことでもなきゃ顔を出せないから」

そう言ってすぐに視線を幹夫さんに戻した。

「カミさんは、女を本気で愛せない俺に愛想を尽かして年下の男と家を出たんだ」幹夫さんはそう言っていた。でも、こうして目の当たりにすると、わかる。この人の愛想は尽きてなんかいない。今でも幹夫さんに思いを残している。

「そうだ、これ。苺買ってきたの。あなたの好きな女蜂（にょほう）よ」

持っていた紙袋をちょっと掲げ、幹夫さんに渡した。

「お父さんはね、こう見えて苺に目がないの。でも、甘すぎるのはダメ。酸っぱさとの加減が大事なの。林檎なら紅玉、苺なら女蜂……あら、やだ、そんなこと、とっくにご存じよね」

お父さん──。葉子さんは、今も幹夫さんのことを自分の夫のように呼ぶ。駆け落ちという大博打に出ても、ふり向かせることのできなかった男への未練たっぷりに。

これって僕への宣戦布告？

「もちろん」と答えようかと思ったけれど、黙って頷いた。

「ちょうど苺が食べたいと思ってたとこなんだ」

幹夫さんは嬉しそうに紙袋をのぞいた。

なんでそんな無邪気な笑みを浮かべるのか。胸のあたりがざわざわする。

「だけど、どうして？　ここに入院してるってわかった？」

「こんなあたしでも、ちゃんと教えてくれる娘がいるのよ」

「なんだ、今も連絡とってたのか」

幹夫さんはどこか安心したように笑った。

「ええ、でも、誰とかはナイショ。情報源は秘匿しなきゃ」

葉子さんは、上目遣いで夫だった男を見る。こういう表情をしていると、楓子さんと瓜二つだ。幹夫さんの遺伝子を受け継ぐ娘たちを産んだのは間違いなくこの女。その事実の前に僕は目を伏せる。

腹の底から熱いものがせり上がってくる。予期せぬ怒りだった。葉子さんに連絡したのは多分、桐子さんだ。今でもたまに母親と会うと聞いたことがある。まったく余計なことを……。

「あの、僕はそろそろ帰りますので」

一刻も早くこの居心地の悪さから抜け出したい。

「お気遣いなく。あたしこそ、すぐにおいとましますから」

「いえ、僕たち、交代で様子を見に来ていて。もうすぐフー子さんがやってくる頃ですし。久しぶりなんでしょ。どうぞふたりで過ごしてください」

次にやって来るのは楓子さんじゃない。柊子さんだ。

父親の病室にいる葉子さんを見て、あの人はこう言うはずだ。「十五年も前に家を捨てた女が、今頃になって、どの面下げてやって来たわけ？　帰って！　今すぐ帰ってください」。柊子さん、きょうこそ積年の恨みをはらして。そう願う一方で、自己嫌悪が襲ってくる。自分じゃ言えないことを不器用な小姑に言わせようとしているなんてサイテー。文字通り、女の腐ったみたいな僕。

「じゃあ、幹夫さん、明日また。葉子さん、ごゆっくり」

なんとか笑みを浮かべたけれど、唇がゆがんでいるような気がしてならない。

コートをはおってカーテンの外に出た。隣の男と目があった。軽く頭を下げ、病室を出た。

廊下を歩いていると、後ろからヒールの音が追いかけてきた。

「薫さん」

やっぱり来たか。

小さく息を吐いてふり返った。

頭ひとつ分、背の低い葉子さんがうかがうように見上げている。

「ごめんなさい。あたし突然押しかけちゃったから、気分を害されたんじゃない？」

「いえ、別に」

「あたし、ずっとあの人に謝りたかったの。でも、ご存じの通り、脛に傷を持つ身でしょ。なかなかきっかけが摑めなくて。あの人が倒れたって聞いたとき思ったのよ。この機会を逃したら、もう二度と――」

「やめてください」

足早に歩いていた看護師が横目で僕たちを見た。

「お嬢さんからなにを聞いたのか存じませんけど、幹夫さんは大丈夫です。絶対に治りますから。きょうが今生の別れみたいな言い方しないでください」

「ごめんなさい……。やだ、あたし、さっきから謝ってばっかりね」

葉子さんはふっと笑った。

「ダメね、いつも余計なことばっかり言ってちゃんと思いを伝えられないんです。あたしが言いたかったのは、きょう、こうしてお父さんとあなたに会えてよかったってこと。キリ子がね、この時間に来れば薫さんに会えるって教えてくれたのよ。あの子、これまであたしに意見したことなんてなかったのに。根掘り葉掘り、薫さんのことを訊いてたら、そんなに気になるなら直接会えって」

「キリ子さんが？」

「ええ。会えば、素直にバトン渡せるからって」

さっきまで桐子さんに腹を立てていた自分が急に恥ずかしくなってきた。

「お父さん、少し痩せたけど、あなたといると幸せそうだもの。ほんとに、今まで見た中でいちばん満ち足りた顔してる。あたしの前ではあんな顔してくれたことなかったわ」

楓子さんとよく似た目がじっと僕を見つめた。

「家を出てから、お父さんから何度も手紙をもらったの。ユズ子が子供産んだり、キリ子が大学入ったり、節目節目に必ずね。あの人、律儀だから。でも、これまでで一番長かったのは、あなたと一緒になるって報告の手紙。本人は淡々と書いてるつもりだろうけど、行間からあなたへの愛情が伝わってくるの。あれ読んで悔しかった。今さら嫉妬できる立場じゃないってことくらいわかってるんだけど……。でも、きょう、あなたを見てわかったわ。お父さんは、あなたじゃなきゃダメなんだって。あたしったら、年甲斐もなくずっとあなたに張り合っていたけど、認めるわ、完全にあたしの負け。どうかこれからはお父さん……いえ、幹夫さんのことよろしくお願いします」

そう言って頭を下げた。

「頭を上げてください」

ゆっくりとこちらを仰ぎ見た葉子さんの大きな目から涙が溢れそうだ。

今からやって来るのは、柊子さんだと言い直そうかと思ったけれど、やめにした。

いつだったか、幹夫さんが言っていた。「シューは、顔は俺に似てるけど、性格は母親譲りだな。出方は違うけど、根っこのところがものすごく不器用なんだ」

柊子さんは、この人に会えば、間違いなく怒る。でも、それは本心ではないのかもしれない。頑なに拒みながらも、心の底で母親との再会を喜ぶ。だって、この人、そんなに悪い人じゃないもの。

「あの、僕、バトンなんて貰えません。離れていてもあなたが、幹夫さんやお嬢さんたちの家族であることに変わりないんだから」

結局、僕はこの人にはかなわない。

「薫さん……」

大きく目を見開いたあと、葉子さんは泣き笑いのような表情を浮かべた。

「脛の傷はもうとっくに治っていると思います。幹夫さんが退院したら、森戸の家にも遊びに来てください」

敗北感を悟られないように爽（さわ）やかに笑って踵を返した。

16

最寄りの停留所でバスを降りて大通りを歩いていく。よく晴れたいい天気だった。早春の柔らかい風が頬を撫でる。

でも、少しも心地よくなかった。眠れぬ夜が続いているせいで頭の芯がぼぉーっとしている。そのくせ昂（たかぶ）りがおさまらない。さっき病院で見たばかりの潤んだ瞳が振り払っても、振り払っても、追いかけてくる。

お父さん――十五年のブランクなんてなかったみたいに葉子さんは幹夫さんのことをそう呼んだ。なんというタイミングだろう。幹夫さんが「苺が食べたい」と言った翌日に女蜂を買ってくるなんて。

紙袋をのぞいていた幹夫さんは心底、嬉しそうだった。僕が買ってきた苺がベッド脇の冷蔵庫に入っていることも知らずに……。長い間、離れて暮らしていてもふたりの間にはたしかに通いあうものがあって、僕は居たたまれず、あの場をあとにした。

今頃、ふたりはあの病室でなにを話してるの？　考えるだけで胸がちりちりと焦げる。これまで、妻子のある男とつきあっても、嫉妬とは無縁だったのに。

もしも葉子さんがもっといけすかない女だったら、僕はこんなには混乱しなかっただろうか。いや、性格のよしあしなんて関係ない。離婚届一枚では、たやすく切れない縁でふたりは結ばれている。それが許せない。「森戸の家にも遊びに来てください」だなんて。どうして僕はいつも善良ぶるのか。あんな心にもないことを口走ってしまうか。

向こうから親子連れがやって来る。ランドセルを背負った女の子がすれ違いざまに僕をじっと見たあと、母親に目配せした。気がつくと僕は爪を噛んでいた。「いい年をして、その癖はやめろ」幹夫さんがそばにいたら叱られる。でも、僕をこうさせるのは、幹夫さん、あなたなんだから。

シエル・ブルの看板が見えてきた。あの角を曲がった先に僕が帰るべき家がある。

時計に目を落とす。午後二時をまわっている。柊子さんはもう病院に向かっているはずだ。

家にいるのは桐子さんひとり。足取りが重くなる。どんな顔をしてあの人に会えばいいのやら。あの人はよかれと思って、葉子さんに僕が見舞いに行く時間を教えたのはわかる。でも、はっきり言って迷惑だ。ひとりの男をはさむ男と女――ゆがんだ三角関係のライバルになんて死んでも会いたくなかった。桐子さんは四姉妹の中でいちばんの理解者だと思っていたのに、どうして僕のこの気持ちをわかってくれないのだろう。

シエル・ブルにさしかかろうとしたちょうどそのとき若い女が店から出てきた。

楓子さんだ。

「あら、薫さん」

嫌な偶然。母親と申し合わせたようにブルーのコートを着ている。

「お見舞いの帰り？」

さっき、葉子さんに会ってきたの、なんて言いたくない。黙って頷いた。

「フー子さん、お仕事は？」

「きょうは早退なんだ。『打ち合わせ→直帰』ってボードに書いて出てきちゃった。どうせ潰れる編集部だもん。中にいても、たいしてやることないし」

働いている編集部の雑誌がもうすぐ休刊になると楓子さんに教えてもらったのは一昨日のことだった。

「なに買ったの？」

楓子さんが持っている青い紙袋はコートにあわせたみたいだ。

「ああ、これ。マドレーヌよ」

楓子さんは、店頭のガラスに貼られた「アルバイト募集。時給850円～　週3日以上働いていただける方　委細面談」という紙にちらりと目をやって歩き出した。

「あの貼り紙を見て面接の偵察に行ってみたんだけど、店に入ったら入ったで、なにも買わないわけにもいかなくて」

「あそこで働くの？」

角を曲がって脇道に入ったところで訊くと、楓子さんは首を傾げた。

「うーん、迷い中。とりあえず次の仕事が見つかるまでのツナギにはいいかなって。ほら、お父さん、退院しても、しばらく療養しなきゃいけないじゃない。そうなると、家から近いほうがなにかと便利だし。でも、あそこの奥さんがねぇ」

「奥さん？」

ゆるやかな坂をあがりながら、楓子さんは頷いた。

「そう、感じ悪いんだよねぇ」

オーナーの山下さんの奥さんは僕と同年代くらいだ。美人とは言い難いが、たれた目と受け口が男受けしなくもない。僕をストレートの男と思っているのか、たまに行くと、妙に愛想がいい。

「ほら、あの人って、不倫の果ての略奪婚じゃない」

道行く人はいないのに、楓子さんは小声で囁いた。そういえば、山下さんは二年ほど前に糟糠の妻を捨て、今の奥さんと再婚したのだと、橙子さんが話していた。

「人のものを盗ったから、次は誰かに盗られるんじゃないかって気が気じゃないのね。てか、対抗心モロ出しでイヤんなるわ。ちょっと山下さんがあたしに笑いかけるだけで、すんごい顔して睨むんだから。こっちは全然、興味ないっつうのに。あんな状態で働くのもしんどいかなぁって。ま、あたしって、そうじゃなくても昔から同性に嫌われるタチなんだけど」

ふっと笑ったその顔が、ぞっとするほど葉子さんに似ていた。

「そんなに急いで職探しをしなくても、しばらくゆっくりしたらいいじゃないですか」

「えー、でも、あたしはシュー姉みたいに失業手当が出るわけでもないしぃ。第一あの人と家で一日中、顔をつきあわせてたら、絶対に頭おかしくな……」

小道を右に折れた。僕より半歩先を歩いていた楓子さんが急に立ち止まった。

「ねぇ、薫さん、あれ」

視線の先を見て、ぞわっと鳥肌が立った。

五メートルほど離れた電柱の脇で丸眼鏡にチョビ髭の貧相な男が家をじーっと見つめている。僕がかつて贈った深紅のストールを巻きつけて。

「あの人、この前の土曜日もあそこで、ああやって立ってたの。薫さんに言おうと思ってたんだけど、お父さんが倒れてそれどころじゃなくなって」

なんで今頃？　どうやってここを突き止めたの？　僕たち別れて何年になると思ってんの？　ものすごい勢いで怒りがせり上がってきた。

「……薫さん、ロベール・カザマツリと知り合いなんだよね？」

楓子さんがうかがうようにこっちを見た。

あんな人知りませんと言えたら、どんなによかっただろう。ここまでされたら、シラを切り通せない。

「ええ、以前ちょっと——」

消したい過去の記憶が一気に押し寄せてくる。

幹夫さんとつきあい出してからも「誰があんたを一人前にしてやったと思ってんの？　この恩知らず！」そう言って、僕を縛り続けた陰湿な男。蛇のようにしつこかった。「あたしを裏切って幸せになれると思ってんの？」「son of a bitch」と留守電に入れ続けた。一日に十何通もメールをよこしたり、出版社に怪文書を送りつけたり。あんな男が僕のパトロンだったなんて口が裂けても言えない。恥ずかしさと悔しさと情けなさで顔が赤くなっていく。ロベールが僕たちに気づいてたじろいだが、すぐにぎこちない笑みを浮かべた。やめてよ、ほんとに。今さら、なんなの？

「すみません。帰ってもらいますから」

　ロベールに歩みよろうとすると、強く腕を摑まれた。

「待って、薫さん。ここで帰らせちゃダメだって。見たでしょ、家を見ていたあの目。あの人、よっぽど思いつめてるのよ。追い返したってまたすぐ来るし、あの様子じゃ、なにするかわかんないって」

「でも……」

「心配しないで、大丈夫だから。こう見えてあたし、あなたの味方よ。このことはお父さんにもシュー姉にも言わないし」

　楓子さんは僕を制してロベールに近づいていく。僕はおずおずあとからついていく。

「先日はどうも。きょうは木を見にいらしたんじゃ……ないですよね。薫さんにご用事があるんでしょ」

　いつもより低めの声が響く。楓子さんはひと呼吸置いて言った。

「こんなところで立ち話もなんですから、どうぞ。うち、散らかってますけど」

「い、いえ、結構ですから」

去ろうとしたロベールの前に楓子さんはすっと立ちはだかった。ヒールの高い靴を履いているので小柄なロベールを見下ろす形になっている。

「結構じゃないから、そうやって立っていらしたんでしょ。さぁ遠慮なさらず」

ロベールは棒立ちになったまま、僕を見る。――あなたがなんか言ってくれなきゃテコでも動きませんからね。眼鏡の奥の小さな目がそう言っている。

楓子さんが促すように僕の背中を押した。この人も桐子さんと同じ。僕によかれと思って気をまわしてくれてるんだろうけど。まったくこの姉妹は……。

「中へ、入ってください」

観念して僕は言った。

17

家の中は雑然としていた。四日前に幹夫さんが倒れてからというもの、きれい好きの柊子さんも掃除をしている暇がなかった。小姑根性の表れか、柊子さんは勝手に片づけられるのを好まない。客間として使う八畳の和室は雛人形の片づけが途中で止まっていた。剝き出しの雛壇の上には三人官女や五人囃子のいくつかが置き去りにされ、すぐ脇に人形や小道具をしまう箱が積み重なっている。

楓子さんはリビングに入るなり、開け放たれていた和室の襖を閉めた。

「どうぞこちらに。今、お茶淹れますから」

ロベールにソファーへ座るように勧めている。

「お構いなく」

ロベールは奥のカウンターキッチンに向かった楓子さんの隙を見てコートのポケットから小さな黒いケースを出した。昔から、気つけ薬のように持ち歩いていた「フリスク」だ。掌にたっぷりと出して口に放りこむと、バリバリ音を立てて一気に嚙み砕いた。続いて首を左右に傾け、コキッと音を鳴らす。スイッチが入ったみたいに眼鏡の奥の小さな目が底意地悪く光った。

「薫さん、あなたは座らないの？」

コートを脱ぎ、ここが我が家であるかのようにソファーにふんぞりかえった。もはや完全に開き直っている。

部屋の中は暖房を入れたばかりなのに、嫌な汗が首筋をつたう。足が小刻みに震えているのを悟られないように腰を下ろした。

ロベールは長い顎を突き出して部屋の中をぐるりと見回している。

「仕事場はそこなの？」

和室に向かって顎をしゃくる。

「そんなの関係ないでしょ」

この家に来て三ヶ月あまり。僕は必死で「よき同居人」であろうとした。それなのに、この男は……。よりによって幹夫さんが倒れ、なんとか築いてきたものが揺らぎ始めているときに土足でズカズカと踏みこむような真似をして。いったい僕をどこまで苦しめれば気がすむの？

「あら、関係なくはないでしょ。翻訳する上で環境はとっても大切なんだから。アタシはこうゆうフツーのお宅で赤の他人に囲まれて、ちゃんと仕事に集中できるのかなあーと心配してんのよ」

甲高い声が「た・に・ん」と言うとき、意地悪く響いた。

「ご心配なく。無機質な仕事場より、こっちのほうがよっぽど集中できます」

ここに住み移る前まで使っていた広尾の仕事場は、この男がローンの頭金を出してくれた。翻訳家として食べていけるようになってから、借りた金は少しずつ返してきたし、ローンを完済したから、別れたあとも変わらず使っていた。それでも、幹夫さんに「ちゃんとケジメをつけたほうがいい」と言われ、僕は仕事場を手放した。

「ふーん、薫さんもまた随分と変わったものね。昔はもっと繊細だったのに。でもまあ、あなたがよくっても、お相手の方は転がりこまれて、とんだ災難ね。聞きましたよ、さっき家の前でご近所さんが話してるのを。あのうだつの上がらない文芸記者さん、倒れて病院に運ばれたそうじゃない。さすがって感じ。疫病神の面目躍如！」

疫病神という言葉が胸を刺す。

「そんなこと言うために、わざわざここに来たんですか」

耐え難い怒りと屈辱で語尾がかすれた。ロベールが「違う。こんなの序の口……」と言いかけたところで、楓子さんが紅茶を運んできた。

「なにもありませんが、どうぞ」

紅茶を置き、トレイをカウンターキッチンに戻したあと、楓子さんはリビングのドアノブに手をかけた。よかった。これで落ち着いて話ができる。そう思った瞬間、ロベールが楓子さんを呼び止めた。

「ちょっと待って。フミコさんでしたっけ？」

楓子さんは手を止め、ふり返った。

「いえ、楓子です。カエデの子と書いてフウコです」

「とにかくあなたもここにいてください」

冗談じゃない。なんで楓子さんまで巻きこむの。大声で怒鳴りたくなった。でも、ダメだ。ここで逆上したら、収拾がつかなくなる。わき上がってくる怒りをぐっと堪えてロベールを睨みつけた。

楓子さんはドアの前に佇(たたず)んだまま動こうとしない。お願い。こんな男のこと無視して、このまま出ていって。祈るような気持ちで楓子さんを仰ぎ見た。

「あら、さっきまで随分、威勢がよかったのに。人を呼び入れておいて、引き下がるつもり？　いいから、ここにいてください」

ロベールは薄い唇の端を上げた。

「あなたもこの家の人なら、この男がどこまで卑怯で人でなしなのか、知っておいたほうがよろしいんじゃない？」

楓子さんは小さく息を吐き、僕の隣に腰を下ろした。きっと呆れてるんだ、僕の顔を見ようとしない。隣に聞こえるのではないかと思うほど、鼓動が激しくなってきた。なにがあっても森戸家の人たちだけには、ロベールとの関係を知られたくなかったのに……。

「どうしてそんな恨めしそうな顔してアタシを見るのよ？　恨めしいのはこっちなんですけどね」

ロベールは腕組みした。眉間の縦ジワがますます深くなる。

「僕がなにをしたって言うんですか」

「なにをした？ よくもまあ、そんな涼しい顔して言えたもんねぇ」

ロベールはそう言ってスエードのジャケットの内ポケットをまさぐった。僕は思わず息を呑んだ。昔から、頭に血がのぼると抑えが利かなくなる男だ。ナイフだって取り出しかねない。

「どういうことなの、これ？」

出てきたのは四つ折りにした白い紙だった。ロベールはふんっと鼻の穴を膨らませて、それを広げる。

「アタシにわかるように説明してちょうだいよ」

楓子さんと同時に身を乗り出してのぞきこんだ。そこには細い線でイギリスの田園風景をバックにアンニュイな表情を浮かべた女の横顔が描かれていた。どうしてこれを？ 四月に発売される『コッツウォルズの憂鬱』の第二弾『コッツウォルズの戯れ』の装画の下絵だった。

「なんで？」

この画の存在を知っているのは、僕と編集者と装丁家だけのはずなのに。

「アタシはね、あんたがヨチヨチ歩きの頃から、この世界で働いてるの。ちょっと手をまわせばこれくらい余裕で入手できるんだから。それより答えなさいよ。どういうことよ、これ？」

人差し指の爪先で苛立たしげにテーブルを叩いている。

「コッツウォルズは、アタシたちふたりの作品なのよ、なのに、なんで？　なんで今度もアタシに描かせないわけ？」

たしかに『コッツウォルズの憂鬱』の装画を描いたのはロベールだ。発売当初は人気イラストレーターの画に惹かれて「ジャケ買い」してくれる人も多かった。でも、時間の経過とともに僕の中で違和感が生まれた。退廃的なロベールの画風は澄みきったコッツウォルズの世界観にはそぐわないように思えてきたのだ。だからシリーズ第二弾、『コッツウォルズの戯れ』の出版が決まったとき、編集者と相談した上で前から注目していたイラストレーターに頼んだ。そこに私的な感情はなかった。作者のモーリス・ハミルトンだって、それで了承しているはずだ。

「しかも曽良土（そらと）ウミなんかに頼んで……。ああ、もう、なにが〝空と海〟よ。口にするだけで反吐（へど）が出そう。これじゃ、子供のイタズラ描きのほうがマシよ。こんな下手っぴな女がアタシのかわりだなんて、そんなの絶対に許せないっ」

唇の端に小さな泡をためて早口でまくしたてる。呆気にとられたようにロベールを見ていた楓子さんが口を挟んだ。

「でも、もう決まったことですし。今さらそんなことおっしゃっても――」

「フミコさんは黙っててよ」

「フミコじゃねぇし」

「いいこと? コッツウォルズはアタシたちには特別な作品なの。作者のモーリスはね、アタシの大切な友達なの。フランスひと筋だったアタシにイギリス文学の素晴らしさを教えてくれたのも彼。セントマーチンズに通っていたときは、彼のおばあさまのとこに下宿してたし、今でもロンドンに行ったときは必ず彼の家へステイする仲なのよ。モーリスの作品を薫さんに紹介したのもアタシ。知り合いの編集者に片っ端から連絡して出来上がった翻訳を売り込んだのもアタシ。あの作品はアタシたちの愛の結晶、子供同然なのよ」

勘弁してよ、「愛の結晶」だなんて。別れたあともいつまでもつきまとって僕を幾度も幾度も罵倒し続けて、やっとおさまったと思ったら、突然こんなとこまで押しかけてきて……。

「薫さんだって、アタシのイラストが完成したときにウットリした目で言ったじゃないの。『これは永遠にふたりの宝物になるわ』って。あの日、何度も愛し合ったこと、忘れたなんて言わせない。あれは生涯サイコーの夜だった。アタシたち心も体も相性がぴったりで

――」

左の頬のあたりに楓子さんの視線を感じる。「こいつら、キモすぎ」間違いなく僕を軽蔑している。もう、おしまい。この家で過ごした三ヶ月が、僕の新しい人生が音を立てて崩れていく。なにか言わなきゃ。一刻も早くロベールを黙らせなきゃいけないのに、恥ずかしさとやりきれなさが一度にこみ上げてきて、言葉がうまく出てこない。

「やめてください。あなたとはきっぱり縁を切ったはずです」

湿度と粘りを増した視線が僕に絡みつく。

「そりゃ、アタシたちはお別れしたわ。あなたに好きな人ができたって聞いたときは、泣く泣く身を退いたわ。でも、都々逸にもあるじゃない。『諦めきれぬと諦めた』ってね。アタシ、これだけは諦めきれないの。たとえ薫さんとの関係が終わろうとも、あの本がアタシたちの大切な子供であることは変わらないはずよ」

ロベールは眼鏡をはずして大粒の涙をぬぐった。還暦を過ぎた男が人目も憚らず、三文芝居のように身を震わす。これまで何度も見た光景だった。そう、この男は感情が激するといつもこうやって泣きを入れてきた。もはや僕の心は動かない。ただ、この男への嫌悪が募るだけだ。ふたりの仲は終わった。僕は幹夫さんと出会ってしまったのだから。ロベールは洟をすすりながらポケットからハンカチを出した。藤色の生地にオレンジ色で「K・S」と刺繍が入っている。僕が以前、この男に貰って使っていたものだ。それをいつの間に？　イニシャルがわざとこちらに見えるようにして、ハンカチで涙をぬぐっている。

「あの作品を通してだけは、アタシたちは永遠につながっていけるの。アーティスト、ロベール・カザマツリとしてじゃなく、生身の風祭太郎として、アタシはあの作品の成長をずっと見守っていくつもりだった。なのに、この男ときたら。ひどいじゃない。三味線の三の糸ほど苦労させといて、今さら切るなんて――」

「あのぉ」

楓子さんがロベールの言葉を遮った。

「なんで三味線が出てくるんですか」

ロベールは心底、呆れたように言った。

「ほんとに物知らずなお嬢さんね。アタシはただ、バチ当たりな男って言いたかっただけよ」

楓子さんは「はぁ」と間の抜けた声を出す。ロベールのお涙ちょうだい路線に水を差すため、わざとそうしているのか、これが素なのか。どっちにしても、楓子さんは僕を見捨ててはいないようだ。ほんの少し、肩に入っていた力が抜けたような気がした。

「お気持ちはわかりましたけど、でもだから、薫さんにどうしろっておっしゃるんですか」

いつもの甘ったるい声とはまるで違う低い声が響く。ロベールは大きな咳払いをひとつして言った。

「今すぐこの変な名前のイラストレーターを辞めさせて、アタシに描かせてちょうだい。でなきゃ出版差し止め。でなきゃ――」

このうえ、なんだと言うの？　ロベールは答えをじらすようにニヤリと笑った。

「慰謝料五千万」

なにふざけたこと言ってんの？　いったいどういう神経をしてんだ。

「少なくともアタシ一年は二股かけられてたわけだし。その精神的苦痛に加えて約束不履行。まんざら勝ち取れない額でもないのよ。契約書がわりに交わしたメールもぜーんぶ取ってあるし、なによりアタシが頼もうとしている弁護士は負け知らずのレジェンドだし。ま、どれだけ貰ったとしても、この傷は癒えないけどね」

「五千万なんて、そんなお金、あるわけないじゃない」

「あら、いまやコッツウォルズは十五万部のベストセラーよ。あのとき、アタシが交渉して印税たくさん取れるようにしてあげたじゃない。忘れたとは言わせないわ。こっちはありえないくらい安い稿料で我慢したのよ。四の五の言わず、あなたの実(じつ)を見せて。お金か、アタシに描かせるか。ねぇ、どっちなのよ」

組んでいた足をほどいて、ロベールは身を乗り出した。突き上げてくる怒りを抑えきれない。もう無理。

「いい加減にしてよ！　こっちが黙って聞いてりゃいい気になって」

ロベールの肩がぴくりと動いた。

「な、なによ。そんな大声出さないでよ」

「大声のひとつも出したくなるわよ。そりゃ、あなたにはとってもお世話になったわ。感謝もしてる。でも、いい加減にわかってよ。僕は幹夫さんと出会って新しい人生を歩き始めたの。コッツウォルズの第二弾はあなたと縁を切ってから僕とモーリスとの間で決めたこと。僕とあなたとの作品ではないの。なのに、突然出てきて、好き放題言って。だいたいねぇ──」

楓子さんは罵倒し続けようとした僕の膝に手を置いた。首を横に振って、ロベールのほうに向き直った。

「あたし、翻訳の世界のことはよくわかんないんですけど。でもやっぱりフツーに考えても作品ってのは、原作者と翻訳者のものなわけで。こう言っちゃなんだけど、イラストを誰に頼むのかは──」

「お黙りなさいっ」

ロベールが金切り声をあげても、楓子さんは動じない。

「いいえ、黙りません。お忘れになったんですか。ここに同席しろって言ったのはあなたでしょ。てか、お話うかがっていると、薫さんとはそれなりの期間、つきあっていらしたんですよね」

「そうよ、薫さんがあなたのお父さまに寝取られるまで七年間も。親はないわ、仕事はないわで、食べていくのにも困って新宿二丁目をうろついてたこの人を拾ってあげたのはアタシ。いいもの着せて、いいもの食べさせて、ロンドンにも何度も連れていって、原書もたっぷり買い与えて、何人もの編集者に頭を下げてきて、ここまで育ててあげたのもアタシなの。この人に貢いできたお金だって一千万じゃきかないわ。仕事場の頭金を出したのだって――」

「そうですよねぇ。三味線の三の糸ほど苦労させられたんですよね。それはさっきも聞きました。でも、風車さん、そうやって薫さんに操を捧げながらも、ご結婚もしてらっしゃいますよねぇ」

語尾をたっぷり伸ばして、楓子さんは微笑んだ。ロベールの顔色がさっと変わった。

「あたし、前に雑誌でご家族の写真見たことあるんです。『家族の肖像』とかいうグラビアページだったわ。きれいな奥さまとお嬢さんと一緒に出ていらっしゃいましたよね。あのロココ調のリビング、ご自宅なんですかぁ。すっごく素敵ですよねぇ。さすがにご家族はあなたが殿方をお好きだってこと、ご存じないんでしょう」

「な、なによ」

ロベールは言葉を詰まらせた。唇を噛んで、こちらを睨む。

「あ、あなた、アタシにカミングアウトしろっていうの」

さっきまでのふてぶてしさは消え、声がうわずっている。

「別に、そこまでしなくていいですから」

突然ドアが開いて、桐子さんが入ってきた。

「誰よ、この子?」

「姉です」

楓子さんも思いもよらぬ桐子さんの乱入に戸惑っている。ほんとにどうして? 桐子さんは唇をきゅっと結んで、ダイニングチェアを楓子さんの隣まで引きずってきて腰を下ろした。

「風祭香音(かのん)——聖泉大学外国語学部英語学科卒業。あたし、お嬢さんと大学のとき、同じゼミだったんスよ。今でも連絡取り合う仲だけど、彼女、すごくお父さんっ子ですよね」

桐子さんはロベールを見据えたまま、ひと言もつっかえずに一気に喋った。いつもか細い声で話すから気づかなかった。地声はとても楓子さんと似ている。

「おたくもすごくかわいがってるんでしょ。小さい頃のお嬢さんを描いた『KANON』ってシリーズもあるし」

　桐子さんは膝頭をぐっと押さえるようにして座っている。よく見ると、ふくらはぎがかすかに震えている。

　楓子さんが頷いて、姉の言葉を引き取った。

「そうよねぇ、いくつになっても、パパと娘の関係って特別だもの。まぁ、薫さんを前にして言うのもなんだけど、あたしたちも父が同性愛者だと知ったときはかなりショックだったんですよね。なんかこれまで父と築いてきたものが根底からグラグラになる感じ。それに風車さんの場合、不倫になるわけで――」

「ア、アタシは風車じゃない、風祭よ」

「どっちでもいいですよ、そんなこと。それより大好きなパパが他所(ほか)に女がいるって知るだけでもショックなのに、相手が男なんてことになったら。しかも、男の家に押しかけて脅迫まがいのことやってるんだから、そりゃもう……」

　この世の終わりというふうに大仰に首を横に振った。

「あなたたちこそ、そうやってアタシのこと、脅してるつもり？　そ、そんなこと言ったって、アタシがこの人と色恋沙汰にあった証拠なんてどこにもないんだから」

　ロベールの青白い頬がピクピクと震えている。

「いや、ありますって。おたくの住所、知ってるし。これ送りつけましょうか」

桐子さんは腰を浮かせ、ジーパンの後ろポケットに手をやった。

「おたく、声高くてデカいから。廊下からでもオネエ言葉がばっちり」

そう言って小型レコーダーを掲げて見せた。

「すみません、姉は昔から立ち聞きの名人なもんで」

楓子さんがにやりと笑った。

「サイテー、あなたたちって、ほんとにサイテー」

ロベールの声が裏返っている。

「そう、ウチら、サイテーな家族なんです」

今度は桐子さんが薄笑いを浮かべた。ひと呼吸おいて楓子さんが言った。

「実はあたしもこの前、フラれたばかりなんですよ。きょうだって、職場で元カレの顔見るのが辛くて早退きしてきちゃったくらい。もっと言っちゃえば、会いたさ見たさで彼の家の前で待ち伏せしたこともあるし。頭では去る者追わずと思っててもダメ、気持ちが言うことをきかないんですよね。だから、さっき家の前であなたを見たとき、他人事とは思えなかった。でも、せっかくふたりで話す機会を作ってあげたのに、あなたは薫さんを責めるばっかり。その上、慰謝料五千万なんて、そっちこそサイテーじゃないですか。男女の仲、てか、この場合、男と男か。とにかく惚れたはれたの間柄って簡単には割り切れないもんだけど、だからって割り切れないモヤモヤを石ころみたいに相手にぶつけるのはルール違反じゃないですか」

　ロベールはテーブルの上に広げていたイラストのコピーを握りつぶすと、無言で腰を上げた。コートとストールを持った拍子に藤色のハンカチが落ちた。ちらりと床に目を落としたが、そのままドアに向かった。

「あとはご心配なく。きょうのことは、お互いなかったことにしましょ」

　楓子さんがロベールの後ろ姿に声をかける。

「それはどうも。お邪魔さま！」

　金切り声と共に部屋を出ていった。廊下をドスドス歩いていく。玄関のドアが大きく音を立てて閉まった。その瞬間、桐子さんが脱力したように息を吐いた。

「すごーい、キリちゃん、見違えちゃった。さすがあたしのお姉さま」

　楓子さんが立ち上がって、桐子さんの後ろにまわり肩を揉んだ。

「うわ、固っ。凝ってるねぇ」

「いいって」

　桐子さんは妹の手をふりほどくように肩をすくめる。

「なによ、せっかく癒してあげようと思ったのにさ。でも、すっごい偶然。キリちゃんが風祭の娘と仲良しだったとはね。てか、キリちゃん、友達いたんだ」

桐子さんは首を横に振った。

「ゼミのふたつ後輩。喋ったことないし」

「うっそ、マジで？　キリちゃん、やるぅ。よっ、策士！」

おどける妹に目もくれず、桐子さんはもう一度、大きく息を吐き出した。張りつめていた緊張の糸が切れたように、足が小刻みに震え始めた。

ふたりに対する申し訳なさで息がつまりそうになって僕は頭を下げた。

「キリ子さん、フー子さん、ごめんなさい。僕のために。ほんと、お恥ずかしいところ見せちゃって……」

姉妹は顔を見合わせた。

「別に」

首を横に振る桐子さんに楓子さんが続いた。

「恥ずかしくなんかないって。逆に安心したわ。だって、薫さんって顔もいいし仕事もできるし性格もいいしで、出木杉くんだったもん。ちょっとくらいアラがないと、なんかこっちも窮屈っていうか。ねぇ、キリちゃんだってそうでしょ」

「出木杉くんよりスネ夫が好きだし」

「そーゆうこと言ってないし」

楓子さんは鼻にシワを寄せて笑った。

「ほら、他人行儀って言葉あるじゃない。薫さん、これまでちょっと行儀よすぎたんだよ。それじゃ、もたないって。あたしたちの前では、お行儀も性格も、もっと悪くたっていいんだよ」

鼻の奥がツーンとしてきた。四十男がみっともない——なんて思う必要はもうないのかもしれない。僕は目の縁から溢れ出る涙をぬぐわなかった。

「あたし、なんだか喉渇いちゃった。マドレーヌあるし、みんなで食べない？　お茶淹れるから。ほら、キリちゃんも手伝って」

カウンターキッチンの向こうから楓子さんは姉を促した。

「あぁ」

桐子さんはいつもの返事をしたあと、こっちをふり返った。

「Home, home, sweet sweet home! There's no place like home!」

ちょっとはずれた音程で「埴生の宿」を口ずさんだ。

第六章　そして柊子の詠嘆

18

ナースステーションの前を通り、廊下を進んでいく。「東4病棟　脳神経外科」と書かれた矢印の方角に進む。向こうから看護師が足早にやって来た。よく父のところに検温に来る女だ。

すれ違いざまに看護師は会釈した。柊子も頭を下げた。年齢は同じくらいだ。たまった疲労が目の下を青黒く縁取っている。

あたしもあれくらいやつれて見えるのか。

父が倒れてから、きょうまでの四日間、ほとんど眠れていない。

父の頭にできた腫瘍はかなり大きくなっていた。手術は難しいそうだ。残された方法は抗ガン剤と放射線照射による治療。検査の結果を見ないと、詳しいことはわからないが、覚悟はしておいてくださいと、担当の先生は言った。

覚悟だなんて。嫌だ、できない。父にもしものことがあったら……。そんなこと考えたこともなかったし、考えたくもない。脳腫瘍なんてなにかの間違いだ。可能性が高いだけでまだ悪性と決まったわけじゃない。たまたま慎重で悲観的な先生にあたってしまっただけ。そう自分に言い聞かせてみるのに、胸に広がっていく不安はぬぐえない。「絶対にお父さんは大丈夫」。心の中で唱えても信じきれない自分がいる。あたしがこんなんでどうするの？　もっと堂々と構えていたいのに、気力がわいてこない。頭が鉛のように重い。歩き慣れているはずの廊下もやけに長く感じる。

ようやく病室の前に着いた。

四つあるベッドはどれもカーテンが引かれていた。部屋に足を踏み入れたところで、窓際のベッドから女の笑い声が聞こえてきた。

ユズ姉？　違う。かすかに鼻にかかったこの声は……。

「やーね、子供みたいに」

「いいだろ、美味いんだから」

怒りで体が震えてきた。ふたりとも、あたしの気配に気づかない。なんでここにいるのよ？　なにをそんなに和んでるの？

「この甘酸っぱさがたまらないんだよ」

カーテンを勢いよく開けた。苺を口に入れようとしていた父の手が止まった。

「おう、シュー」

ベッドの脇に座っていた母が昨日の続きみたいな笑顔を浮かべた。

「久しぶり」

十五年前に家を捨てた女が「久しぶり」ですって?

言いたいことは山ほどあった。なにかひとつ口にしたら、絶対に言いつくすまで止まらない。でも……。まわりに他の患者がいて、あたしはなにも言えない。それがわかっているからこの女はこんなに平然と笑っているんだ。なんてふてぶてしい女。爆発させるかわりに大きく息を吐き出した。

「帰ってください」

それだけ言った。母は頷いて立ち上がると青いコートをはおった。

「そろそろ帰ろうと思ってたのよ。つい話しこんじゃって。じゃ、お父さん——」

途中まで言いかけて母は口をつぐんだ。

ベッドに横たわる元夫への別れの言葉を探しあぐねている。父は目尻にシワを寄せた。

「あぁ」

「あぁ……ってまた張り合いのない」

母はくすっと笑ってコートをはおった。

「張り合いのない」。家にいたときのため息混じりの口癖がきょうはやけに華やいで聞こえる。

「お父さんのこと、よろしく」

そう言って母は一礼すると、あたしの前を大股で通りすぎていった。

いい年してまだヒール履いてんの。コツコツという音が遠のいていく。

「変わらないな」

落ちくぼんだ大きな目がじーっとあたしを見上げている。

「え？」

「母さんもおまえも」

ダウンジャケットを脱ごうとしたら、父が思い出したように言った。

「そういや、母さんがおまえに伝えたいことがあるって言ってたな」

「聞きたかないわ、そんなの」

目を背けたのに、父はあたしを見上げ続ける。

「まだ間に合う。行ってこい」

「嫌って言ってるでしょ」

苛立ちが声に滲んだ。

「シュー、たまには年寄りの言うことも聞くもんだ」

父は静かに言った。

「なによ、都合のいいときだけ年寄りぶって」

「いいから、行け」

「わかったわよ」

あたしはゆっくりと病室を出ていった。

今さら伝えたいことってなんなのよ？

あたし、疲れてるの、もうボロボロなの。今まで十五年間も音信不通だったのに、こんなときにいきなりやって来て……。どうしたらそんな自分勝手な人間になれるの？

五、六歩行ったところで足が勝手に駆け出した。

点滴スタンドに寄り添うようにして歩く患者がすれ違いざまにこっちを見た。病院の廊下は走ってはダメです。そんなことぐらい、わかってます。でも、無理。突き当たりを右に折れた。左側のエレベーターが開いて人が降りてきた。ドアが閉まりそうになる。ダメ、行かないで。思わず手を伸ばし、滑りこんだ。あんな女、二度と会いたくない。なのに、指が「1」のボタンを連打する。

　エレベーターが一階に着く。同時にまた走り出した。外来の受付はとっくに終わっていた。電気も半分消えて、ひと気はほとんどない。フラットシューズのゴム底が床をこする。前を行く太った男を追い越して出口に向かい、自動ドアをくぐった。

　午後の光は消え、空は赤みを帯びていた。怒りで火照っていた体に外気が沁みる。

　いた。青いコートの女が二十メートルほど先のスタバの前を俯き加減に歩いている。その先の停留所にはバスがドアを開けて停まっている。

「待って！」

　大きな声で叫んでいた。母の肩がぴくっと動く。

「待ってったら」

「どうしたの？」

　母がふり向いた。

「どう……したも、こうし……」

　息があがってうまく喋れない。

「やーね、髪振り乱しちゃって」

　母の手が伸びてきて、あたしの頬にかかったほつれ毛を撫でつけようとした。

やめてよ。

細い指を払いのけるように顔を横に振った。

「伝えたいことが、あるんでしょ」

「伝えたい……こと？」

母は子供みたいに口をぽかんと開けた。

やられた。

「今さら、どういうつもりなんですか」

慌てて早口で言った。父に騙されてここまできた、と悟られたくなかった。

「そう言われると思った」

母は肩をすくめた。

「知ってるでしょ。あたしがあと先考えられない人間だってこと。『つもり』があったとすれば……」

母は小さく息を吐いた。

「ダイダイ、ヒイラギ、キリ、カエデ……」

春の七草を言うときみたいに節をつけた。

「いきなりなに言ってんのよ？　訳わかんない」

「あたし、昔、『若草物語』が好きだった。ひとり娘だったから、ずっと姉妹に憧れてたのよ。でも、まんま草じゃ芸がないから、女の子ばかり産んで、みんなにきれいな木の名前つけようって思ってたの。若草じゃなくて〝萌木物語〟。でも、フタをあけたら、みんなあたしの悪いとこ受け継いじゃって。気の強いのばっかり。キリちゃんだってああ見えて、根っこの部分はものすごく頑固だし」

黒目がちの目があたしを見る。

「大変だったでしょ」

「なんでよ、じゃ、なんでそれを全部あたしに押しつけたのよ」

「ヒイラギは魔除けの木だから」

また話をはぐらかす。昔からそうだ。この人はあたしの質問にまともに答えたことがない。

「そんなの、理由になってないじゃない」

思わず声を荒らげた。

「だって、理由なんてわかんないんだもの。あのときはただ逃げたかった。逃げて多分――」

母は時計に目を落とした。黒いスエードのベルト。初給料であたしがプレゼントした時計。なんでまだそんなのつけてんのよ。

「もう行かなきゃ、バスの時間だわ。……シューちゃん、追いかけてくれて、ありがとう」

それだけ言って、エンジン音を響かせるバスへと向かっていった。

母はもうふり返らない。

19

陽はだいぶ傾いてきた。街の上に紅く澄んだ春の空が広がっている。長い生垣の前を通っていると、ゆるやかな風が吹いてきた。どこからか肉じゃがの匂いがしてくる。空腹のはずなのに、なにも感じない。

「追いかけてくれて、ありがとう」

別れ際に母が呟いた言葉が頭の中で回っている。

もしもどこかで偶然会うことがあったら、とっちめてやろうとずっと思っていた。あたしがこれまでどれだけ苦労してきたか、母親の色惚けでどれだけのものを犠牲にしてきたか、骨髄まで達した恨みがどれだけ深いのか、ああも言ってやろう、こうも言ってやろう。辛いことがあるたびに必ず頭の片隅でシミュレーションしてきた。母を憎しみ続けることで、あたしはこれまでなんとかやってきた。

でも、なんてザマだろう。結局、なにも言えなかった。その上、向こうに感謝までされて。

ほんとにどこまで人のこと、バカにしてんの。

ブロック塀からはみ出た桜の梢いっぱいに小さな芽がふくらんでいる。その瞬間、春の生暖かさを含んだ風があたしを包みこんだ。

——お父さん、今年の桜が最後になったらどうしよう。

唐突に予感めいたものが頭をよぎる。

いや、そんなことあるわけない。あたしったらどうかしている。力をふりしぼって門扉を押した。

インターフォンを押すと、楓子が出てきた。

「あれ、早かったのね」

母と同じ青いコートをはおっている。

「あんた出かけんの？」

「あ、うん。ネギ切らしちゃったから、ちょっとそこまで。きょうは薫さん特製のすき焼きだって」

「あ、そう」

リビングのドアの向こうから桐子の笑い声が聞こえてくる。

まったくどいつもこいつも、人の気も知らないで。もうこれ以上、なにも考えたくないのに、抑えがたい怒りがわき上がってくる。

ドアを思い切り開けた。

ソファーに座って、みかんを口にしようとしていた薫さんの手が止まった。目を見開いた表情がさっき病室で見た父に重なる。

「シュー子さん、お帰りなさい」

「お帰り」

向かいに座る桐子が薫さんのあとに続く。

コーヒーテーブルの上にはみかんを剝いて作った蛇、人形、ゾウ。下手くそな一筆書きみたいな皮が並んでいる。なんなの、これ？

「随分、楽しそうね」

「ええ、キリちゃんが、これ。上手でしょ」

薫さんは、非常口の逃げるポーズをした人形をそおっと持ち上げてこっちに向けた。

バッカじゃないの。お父さんが大変なときに、みかんの皮の工作なんて。桐子の真向かいに腰を下ろした。

「そんなことより、キリ子、あんた、どういうつもりよ。お父さんが倒れたって、あの人に教えたの、あんたでしょ」

「え、あぁ、えーっと……」

突然のジャブに桐子は薄い唇を結んで俯いた。

「あたし知ってんのよ。いつだったか、ユズ姉が言ってた。桃葉が友達と買い物に行ったとき、あんたが派手なおばさんと歩いてるのを見たって」

桐子の足が小刻みに震え出した。

「シュー子さん」

隣に座る薫さんがあたしを宥めるように言った。うるさい。他人は黙ってて！

「あの女と会おうが会うまいが、そりゃあんたの勝手よ。でも、だからってスパイみたいなことしないでよ。あの女はお父さんとあたしたちを捨てて、この家を出ていったの。そんな人でなしに、なんでお父さんの入院先を教えるわけ？」

桐子は下を向いたまま、貧乏ゆすりを続けている。

「あんたが余計なことするから。あたしはねぇ、あの女に――」

「シュー子さん、もういいじゃないですか」

薫さんが懇願するように言った。

「よかないわ」

横目で思い切り睨みつけた。薫さんは視線を逸らさない。切れ長の目がきらっと光ったような気がした。

「わかんない人ね、もういいでしょって言ってんの」

甲高い声があたしを責める。

なによ、いきなり。

薫さんは我に返ったみたいに、俯いた。

「ごめんなさい、大声出しちゃって。ううん、でも、言わせて。この家をずっと守ってくれたのは間違いなくシュー子さんだけど、この家はシュー子さんだけのものじゃない。キリちゃんにはキリちゃんの考えがあるんです。キリちゃんだって、きっとフーちゃんだって、ちゃんと家族のことを思ってる。今は余計なお世話だって思えても、あとからそれがとても不可欠なことって思えるときがくるんじゃないの？」

薫さんがすっと立ち上がった。あたしの後ろにまわる。

なんなの？　思わず体が硬くなった。大きな手があたしの肩を摑む。

「な、なにすんのよ」

薫さんの手はゆっくりとあたしの肩を揉み始めた。ふり切ろうとしても肩にかかる力が強すぎて、心地よすぎてふり切れない。

「やめてってたら。……ちょっと、ふざけないでよ。やめてって言ってるでしょ」

「やめない。軟らかくなるまでは。バカよ、シュー子さんは。細い肩をこんなにパンパンに張らせちゃって」

「どうせバカよ、あたしは」

「ひとりでそんなにがんばらないで。こんなときだからこそ肩の力を抜いて……なんて、さっき僕もキリちゃんとフーちゃんに教えられたばかりだけど」

薫さんの親指が肩甲骨の内側をぐっと押した。イタ気持ちよさが広がっていく。なぜだかわからないが、涙が溢れてきた。

20

あとがきに代えて

西園寺薫

今年もまた桜の季節が巡ってきた。

僕が仕事場にしているこの和室からは大きな桜の木が見える。今はまだ三分咲きといったところだが、ここ数日のうちに花の盛りが訪れる。

大きく枝を伸ばすソメイヨシノの満開の季。小さな薄桃色の花の饗宴を前に僕は息を呑む。桜の花は決して上を向かない。仰ぎ見る僕たちに応えるかのように下を向いて、生の煌めきを存分に魅せてくれる。それはほんの束の間。柔らかくも容赦ない春の風に促され、花は儚く散っていく。それでも、桜のいのちは終わらない。夏の厳しい暑さや冬の凍てつく寒さに耐えながら、再び巡ってくる春の兆しと共に芽吹き、梢いっぱいに花を咲かせてくれる。しなやかに生を繰り返していく大いなる営み。その奇跡のような美しさに圧倒され、僕は来年も再来年も、桜を見上げることだろう。

閑話休題。僕はもっとも愛するこの季節に『コッツウォルズの奇跡』(The miracle in the Cotswolds)を出すことができた。『コッツウォルズの憂鬱』(The melancholy in the Cotswolds)に始まったこのシリーズは『コッツウォルズの戯れ』(A last dance in the Cotswolds)に続き、本書で三作目を迎える。

これは伯爵令嬢、キンバリー・マクレアの成長譚であり家族の物語でもある。

二十世紀初頭、イングランド中央部に位置する豊かな田園地帯、コッツウォルズのカントリーハウスで伯爵家三姉妹は暮らしている。一見、なんの不自由もなさそうだが、男性の相続人にだけ遺産が相続される限嗣相続制の中で、婚期を迎えたそれぞれの心は千々に乱れる。姉妹の中でも、とりわけ純粋で一本気な次女キンバリーの言動は時に激しく、時に冷ややかな波紋を伯爵家に呼び起こす。姉キャサリンの婚約者への思慕、内気だった妹エマのまさかの出奔、そして当主エドワードの突然の死……。次々に巻き起こる出来事の中で、キンバリーは悩み、苦しみ、決断を繰り返していく。知りたくなかったこと、知るべきでなかったこと、七代にわたる伯爵家の秘密が明かされていき、家族のあり様も変わっていく。

家族であることは難しい。血は水よりも濃いというが、濃さだけでは家族になれない。ひとたび向き合うことを放棄すれば、家族は瞬く間に孤独な人間の集まりと化してしまう。だが、家族という名のもとに寄り添う意思さえあれば、そこに必ず心の通い路が生まれる。形より、思いが先にあって家族ができていく。

原作者であるモーリス・ハミルトンは二〇〇五年ロンドンで起きた凄惨なテロで最愛の妻メアリーを亡くしている。その深い悲しみは彼をアルコールへと向かわせた。入退院を繰り返し、一時は再起不能の噂も流れた。だが、モーリスは迷いこんだ袋小路で踵を返した。アルコールを断ち、再び筆を執った。ままならない人生の中で家族が家族たりえるその瞬間を鮮やかに切り取り、二十年のキャリアの集大成ともいうべきコッツウォルズシリーズを世に送り出した。

初めて読んだときから、僕はこの物語を日本語に訳したいと思った。それは想像以上に困難な作業でもあった。モーリスの透徹した感性が紡ぐささやかだけれど尊い瞬間を拙訳で正確に伝えられたかどうか。

本書の中で僕がいちばん好きなのは、父亡きあと、キンバリーがカントリーハウスの大きなマグノリアの木を眺めながら母と語らうシーンだ。

「ほら、ご覧になって。マグノリアの蕾がふくらんでいる。春の空気が、希望の光がこの中に閉じこめられているのよ。お父さまは約束してくださったの。『わたしはずっとここにいる。その証しに毎年、この家に美しいマグノリアの花を咲かせるよ』と。あの言葉に嘘はなかったわ。今年もお父さまが春の訪れを教えてくださった」(Rise and look. The buds on the magnolia tree are puffing out, ready to open. The airs of spring, and rays of hope cradled within them. Father once promised me, saying, "I will always be here for you. You will be reminded each year when the magnolias bloom". And he was right. Yet again, Father has announced the arrival of spring.)

ロンドン郊外にあるモーリスの家にもマグノリアの大きな木がある。彼が結婚当初、妻メアリーと共に植えたものだ。

「それは予想もしない瞬間だったよ。メアリーが死んで六年目の春の日、僕は満開に咲き誇るマグノリアを見ながらふと感じたんだ。あいつが今、ここにいる、僕を見てる、と。脈々と続いていくいのちの存在を忽然と悟ったとき、僕はこれからもメアリーと共に生きていこうと誓ったのさ」

　昨年、僕が家に遊びに行ったとき、彼はそう言ってマグノリアの木を優しく撫でた。僕も今、桜の木に向かい、モーリスやキンバリーと同じことを思っている。失った大切な家族の存在をここで感じ続けている。

　喜びも悲しみも憎しみも、あらゆる感情を経て人と人とは家族になる。たとえ個々の姿かたちが消えたとしても、その結びつきは永遠だ。

　最後に本書を訳すにあたって僕の大きな支えになってくれたM・M氏ならびにその四人の娘たちに心から感謝の意を表したいと思う。

『コッツウォルズの奇跡』のあとがきの校正紙（ゲラ）を読み終えた。胸にこみ上げてくるものを抑えようとして鼻からゆっくり息を吸ってみたが、間に合わなかった。右上に押された「初校」の文字がぼやけて見える。ぽたりと涙が落ちた。まずい。水滴を手の甲でぬぐっていると、開け放した窓から、柔らかい風が入ってきた。膝の上にある校正紙がさらわれそうになるのを慌てて押しとどめた。

　薫さんも相変わらず人が悪い。しれっとした顔で「幹夫さんに見せる前に是非読んで」だなんて。木の話を持ち出されたりしたら、あたしの涙腺が言うことを聞かなくなることぐらいわかっているだろうに……。目の縁に溜まった涙をぬぐって、和箪笥(わだんす)の上の写真の前に校正紙を置いた。

「お父さん、『コッツウォルズの奇跡』のあとがきだよ。あたし、お父さんの前であの人を褒めたことなんて一度もなかったけど、なかなかいい文章だよ」

木目の額縁の中で父はぎこちなく笑っている。去年の正月に撮った写真だ。カメラに向けて、自然な表情を作るのがとても苦手な人だった。見慣れた笑顔とは、随分違うけれど、これも父らしいといえば父らしい。

ふと隣の写真に目がいく。青龍苑で李さんが撮ってくれたものだ。あれはおととしの十二月いや十一月の終わりだっけ。

なんだか昨日のことみたいに思えてきて、写真立てを手に取った。ユズ姉と楓子はよく似たキメ顔で写っている。父と並ぶ薫さんの笑顔は少し硬い。その後ろで俯く桐子。あたしといえば、薫さんの隣でこれ以上はないくらい不機嫌に口を結んでいる。顔が妙に赤いのはビールを立て続けに飲んだせいだ。あの日は、父の恋人が男だと知らされて頭に血がのぼっていた。想像以上に美しい薫さんを目の当たりにして、なぜだかむしょうに腹が立った。こんなすかした男が我が家の一員になるなんてありえない、絶対に認めるもんかと心に誓った。

ひとつ屋根の下で暮らすようになってもずっと拒否し続けようと思っていたのに。薫さんに対して、情めいたものが芽生えてきたのはいつだったのか、なにがきっかけだったのか、自分でもよくわからない。今にして思えば、もっと早く心を開くべきだったのか。朝、あの人が座る場所に食器を置くことに違和感を覚えなくなった頃、父は雛人形の前で倒れた。それから一ヶ月も経たないうちに逝ってしまった。

脳腫瘍というのは良性・悪性というはっきりした線引きがなかなかできないが、父はきわめて悪性に近いグレードⅣだと診断された。腫瘍の成長が速く、余命は長くて一年だと言われた。治療のための入院は病院側の空きベッドの関係で三月末までずれこんだ。いったん退院して二週間あまりを家で過ごし、三月二十一日の昼過ぎ、父は二度目の発作で倒れた。救急車で運ばれたが、意識は戻らず、そのまま息をひきとった。倒れる直前に庭を見ながら呟いた「みんなで桜を見ながら、退院祝いができるといいな」。それが最期の言葉だ。どこかで覚悟はしていたけれど、突然の別れだった。

あれから、もう一年経ってしまったんだね。

みんなに囲まれて不器用に笑う父をもう一度見つめた。

あの頃、お父さんはなんだか急いでたよね。あたしの気持ちの整理もつかないうちに薫さんを家に招き入れたりして。そんなにあの男が好きなの？　ずっと家を支えてきた娘の気持ちはそっちのけ？　腹が立って腹が立ってしょうがなかったけど、もしかしてお父さんの中で「自分はもう長くないかもしれない」という予感めいたものがあったんじゃないの？　写真に向かって問いかけてみても、父はぎこちない笑顔を返すだけだ。

父が亡くなった翌日、遺品を整理していたら、遺言書が二通見つかった。一通はあたしたち姉妹に、もう一通は薫さんに宛てたものだった。書いてはみたものの、気に入らなかったのか、なぜか薫さん宛てのそれは握り潰したような跡があった。

文章は父らしく淡々としたものだった。

「微々たるものだが預貯金の類は薫を含めて五等分にすること。親父と一緒で仏壇なし、戒名なしで頼む。もうひとつ、散骨は面倒だろうから、骨のかけらを庭の桜の木の下に埋めてほしい」

ほぼ同じ内容の薫さん宛ての遺書には、「一緒に生きられてよかった。きみはこれからも僕と娘たちの家族だ」という一文が添えられていた。

春風が忍び寄ってきて首筋を撫でた。

庭先で満開のソメイヨシノが花びらを散らせている。

「桜は散り始めがいちばんきれいだな」

すぐそばで聞き慣れた声がした。

お父さん？

そんなはずはない。

襖の陰から薫さんが顔をのぞかせた。音もなく入ってきて縁側に腰を下ろした。

「なんなのよ？　お父さんの口真似なんかして」

軽く睨んだ。

「真似したつもりはないけど、幹夫さんならきっとそう言うだろうなと思って」

「いやねぇ、猫じゃあるまいし、なんでいつも足音立てないの？」

人ひとり分が座れるくらいの距離をとって薫さんの隣に腰を下ろした。いい天気だ。こぼれるような光が縁側を照らす。薄紅色の花びらがゆっくりと舞い続けている。

「読んだわ、あとがき」

薫さんは照れたように長い睫毛を伏せた。父が亡くなった当初はこけていた頬にようやく肉がついてきた。

「いきなり『読んでください』なんて押しつけちゃって、ちょっと図々しかったかしら」

薫さんが筋張った指で額を掻いた。

「図々しいのは今に始まったことじゃないでしょ。本編も読み応えあったけど、あとがきもなかなかだったよ」

素直に気持ちを伝えたあとは、なにかひと言、腐したくなる。

「ただ、最後にあたしたちまで出てくるのはどうかな。お父さんはともかく、あたしたち、邪魔はしても支えになった覚えなんてないから」

薫さんはゆっくりと首を横に振る。

「今もこうして一緒に暮らしてるから。それが今の僕のいちばんの支え」

「お父さんが死んだら、追い出されると思ってた？」

薫さんは手の甲に浮かぶ血管を見つめながら、こくりと頷いた。父がよくそうしていたみたいに。夫婦は似てくるというけど、この頃、薫さんを見ていると、父の姿がやたらと重なってくる。

「あたしもそうなったら『出ていって』って言うつもりだった。でも――」

「でも、なに？」

薫さんが睫毛をしばたたかせた。

「いざ死なれてみると、違ったんだよね」

少し照れたような伏し目がちの視線、眩しそうに細めた目、目尻にシワを寄せ心から嬉しそうに笑う姿。記憶の中の父の傍らにはいつも薫さんがいる。この人が来て、無口だった父の表情に彩りが生まれた。

「三ヶ月ちょっとだったなんて嘘みたい。なぜかお父さんの思い出が薫さんとセットになってて。ここで薫さんに去られると、あたしたちもきついなぁって」

ときどき、お父さんが乗り移ったみたいに見えるしねと心の中で呟いた。

「だからって、勘違いしないで。あたしの中の小姑根性が消えたわけじゃないから」

「わかってますって。僕はまだまだ未熟者だから。シュー子さんのお小言も含めて感謝してるんです」

「ほんとやな奴」

「そのほうがイジメ甲斐があるでしょ」

薫さんはにやりと笑った。ここにきて、かなりふてぶてしくなってきた。その分、少しだけ向き合いやすくなったような気がする。

目の前をひとひらの花がはらはら落ちていく。思わず手を伸ばした。薄紅色の花びらは指先をかするようにして地面に落ちた。

「それって幹の色なんですって」

「え？」

薫さんは淡い桜色とはほど遠い、粗い木肌を見つめている。

「出会った頃、公園の桜を見ながら、幹夫さんが教えてくれたの。織物の糸を桜色に染めるときに使うのは花びらじゃなくて、木の皮なんだって」

「あのゴツゴツの皮から？」

「そう。あえかな桜色があの黒くて無骨な幹から滲み出てくるって聞いて、すごく不思議だった。でも、今ならわかる。桜の花びらって、木の精なんだね。僕らに見えるのは花びらの桜色だけだけど、本当はこれ、木全体が春を生きている色なのよ」

桜は全身で春を生きている。父が「骨のかけらを庭の桜の木の下に埋めてほしい」と言い遺して逝った意味がようやくわかった。

お父さん、今、目の前を舞う花びらにもあなたの命のかけらが宿ってるんだね。

長くしなやかな腕が宙に伸び、ひょいとこぶしを握った。

「はい」

開かれた手のひらには、桜の花びらが二枚、寄り添うように乗っていた。

「すごい。四十男とは思えない動体視力」

「体年齢は三十のつもりだから」

薫さんは口の端をあげた。

「ほんとはね、去年の今頃、ひとりで庭に出て落ちていく花びらをキャッチしてたの、何度も何度も。覚えてる？　幹夫さんの初七日に桜が咲き始めたでしょ。幹夫さんが咲かせてくれた花。だから、散ってしまうのが嫌だった。でもね、あるとき、こうやって花びらを握りしめた瞬間、せんぐりせんぐりって幹夫さんの声が聞こえてきて」

「なんだっけ？　それ」

どこかで聞いたことある言葉だった。

「順繰りってこと。幹夫さんが好きな映画に出てくるの、せんぐりせんぐりって。ひとつの命が終わっても、またどこかで新しい命が始まるって意味」

ひとひらの花びらがすぅーっと地面に落ちていく。

「ほらっ、今、散った。でもまた、生まれる。人の命もそうやって永遠に続いていくんだね」

「思い出した、せんぐりせんぐりって小津の映画に出てきたよね。お父さんとずっと前に見たわ。『小早川家の秋』だっけ？」

桜の木がさわさわと揺れた。

ほつれ毛が優しく頰にかかる。薄紅色に敷き詰められていた花びらが風に誘われてくるくると舞い始めた。

――「森戸家の春」だよ――

父の声が聞こえた気がした。

解説

北上次郎

夫と喧嘩して実家に戻ってきた長女橙子と、三十六歳で独身の次女柊子が、互いにぶっつんとキレてぶつかる場面が物語の中盤以降に出てくる。

「そこはうちの客間よ。出戻り女の居座る場所じゃないっ」

「言っとくけど、あたし、出戻ってなんかないわ」

夫のスマホをたまたま覗いたら、誕生日プレゼントを貰った若い娘からお礼のメールが入っていて、そのプレゼントがなんと5万超え。自分には3000円の商品券しかくれないのに、この差は何だと、我慢出来ずに婚家を飛び出してきた橙子は(姑は意地悪で、これも面白くないし)、虫の居所がよろしくない。対する柊子も、長女がとっとと嫁に行ったので母親代わりをずっとつとめてきたことに不満がある。それを、嫁に行けないあんたには他人と家族になることがどれほど大変なのかわかんない、と言われると腹がたつ。

そこに止めに入ったのが父親の再婚相手だから大変だ。火の粉はそちらに飛んでいく。

「悪いけど、これはあたしたち、姉妹の問題なの。邪魔しないでくれる？　赤の他人のあなたにとやかく言われたかありません」

「そうよ、他人のくせして、あたしたちの問題に口出ししないで。もとはといえば、あなたがあたしの部屋を勝手に使うから、あたしがここで寝起きしなきゃいけなくなったんじゃない」

この家族は基本的に仲がよろしくないが、そのピークといっていい場面である。しかし、ポイントはそのあとだ。しばらくしてから、「さっきは悪かったわ。あなたに当たってばかりでごめんなさい」と謝る橙子に、父の再婚相手は次のように言う。

「本音でぶつかりあえてこそ家族じゃないですか。そのうち、こっちもプツンとキレることがあるかもしれない。そのときは我慢せずに言いたいことを全部言うつもりです」

言うだけ言ってガス抜きしたら、またやり直せる。そうやって少しずつ家族になっていく、と突然森戸家にやってきた父の再婚相手は言うのである。とてもいい場面で、読み終えてもこのシーンが残り続ける。

四姉妹の仲が悪いことには、森戸家の特殊な事情も関係している。十四年前に母の葉子が若い男と出奔したのだ。そのとき長女橙子は二十四歳。次女の柊子は社会人になったばかりの二十二歳。三女の桐子が高校三年、四女楓子は高校一年だった。

それからすぐに橙子は結婚して家を出ていくが、そのことについて、次女柊子は次のように考えている。

「ユズ姉はさっさと家を出た。四人姉妹の長女のくせに責任感は一グラムだって持ち合わせていない。昔から要領だけはずば抜けてよく、面倒くさいことはすべて次女のあたしに押しつけてきた。あれも絶対に計画的デキちゃった婚に違いない」

いちばんの犠牲は自分だ、という思いが柊子にはあるのだ。母の出奔は家族全員にショックを与えたのだが、そのとらえかたはそれぞれ微妙に異なっている。三女の桐子がショックを受けたのは、母の家出そのものではなく、道行の相手が桐子の家庭教師の青年だったからである。彼女が仄かな思慕を寄せていた相手であった。それ以来、桐子は「半ひきこもり」の生活を続けている。十四年たった今でも人と会うのが苦手だが、母とは時々会っている。しかしそれは家族に秘密だ。そうか、桐子が妹の楓子を面白く思っていないことも書いておいたほうがいい。彼女は「愛嬌と上目遣いだけで世の中を渡ってきた楓子が同じ中学に入学してきたときも悲惨だった」と述懐している。性格がまったく異なるのだ。

しかし、三女の桐子が思うほど、四女の楓子が考えもなく生きているわけではないことは、楓子が語り手となる第四章で明らかになる。楓子は母の家出を機会にコギャルデビューした過去を持つが、いまでは女性誌編集部でアルバイト。さっさと家を出て自活しているが、不安定な仕事なので将来の保証はなく、恋人はバツイチで結婚する気もないのでいざとなったら頼りにならず、揺れる気持ちを持て余している。楓子もまた、けっして幸せではない。

という森戸家の四姉妹が、母の出奔から十四年後のいま、父の突然の再婚宣言にびっくりするところから本書が始まっていく。その再婚相手がどういう人であるかはここに書かないでおく。冒頭に引いた挿話に見られるように、その人もまた、家族のつながりを求めている人であると書くにとどめておく。

四姉妹の生活と意見がとてもリアルに描かれるのがいいし、物語が軽妙に展開するのもいい。賑やかにぶつかる彼らの姿の向こうから、家族とは何か、という思いがゆっくりと立ち上がってくる。

——書評家

「ポンツーン」二〇一六年五月号（小社）より転載

この作品は二〇一六年四月小社より刊行されたものです。

咲(さ)ク・ララ・ファミリア

越智月子(おちつきこ)

令和2年4月10日　初版発行

発行人――石原正康
編集人――高部真人
発行所――株式会社幻冬舎
〒151-0051東京都渋谷区千駄ヶ谷4-9-7
電話　03(5411)6222(営業)
　　　03(5411)6211(編集)
　　振替00120-8-767643

印刷・製本―図書印刷株式会社

装丁者――高橋雅之

幻冬舎文庫

ISBN978-4-344-42960-4　C0193　　お-56-1

幻冬舎ホームページアドレス　https://www.gentosha.co.jp/
この本に関するご意見・ご感想をメールでお寄せいただく場合は、
comment@gentosha.co.jpまで。